# SACA LAS BESTIAS

## ¡Y dice Pacheco que él viene a gozar!

## FERNANDO ESPAÑA

*A Yami…*

# EN UN LUGAR DE LA MANCHA

**Divertimento Uno**

*El azúcar es producto de obra humana,*
*pero puede consumirlo una bestia.*

*Fernando Ortiz*


*En las ciudades invisibles no se encuentran ciudades reconocibles,*
*son todas inventadas.*

*Ítalo Calvino*


*Todo ocurre en un lugar que yo me inventé,*
*Hispania,*
*donde vive toda esta gente ficticia.*

*Rubén Blades*


*Así pues, sí el lector descubre extrañezas,*
*que no se inquiete, que disfrute de ellas,*
*porque el único que miente en la novela es Baudolino.*

*Umberto Eco*

-*Fernando España: ¿Se dice que ustedes eran judíos?*

-*Alex Masucci: No, no, no, todo el mundo dice que somos judíos, no, somos italianos cristianos.*

-*¿Entonces, de dónde salió que ustedes eran judíos?*

-*Yo no sé, Larry Harlow y Lewis Khan fueron los judíos.*

-*¿Pero se dice que ustedes eran judíos?*

-*No, algunas veces, algunas preguntas (a) Masucci, japonés, mucho tiempo (se creyó) que era japonés.*

# ÍNDICE

# PRÓLOGO A MODO DE "CAPTATIO BENEVOLENTIAE"

*Asumir nuestra fantasía,*
*que es una forma de realidad.*

*García Márquez*

"Saca Las Bestias" es el nombre de este divertimento en memoria de Johnny, el forjador en realidad de ese bestiario sonoro que, junto al Judío y a otras almas errantes bautizará salsa, desde El Barrio a Caracas, para ira del rey Tito Puente, presto a manifestar que él tocaba música cubana y en absoluto ketchup. Así como otro debió ser el título de este manuscrito en fuente garamond que, en principio, tampoco era a favor del dominicano convertido en ciudadano americano y a larga en uno de los humanos más influyentes del siglo XX, sin reconocérsele aún, sino un compilado de escritos fortuitos que los salsómanos más ávidos en contenidos salseros reconocerían. Sin imaginarme que, desarrollándose, desvelará una fantástica crónica sobre la escalada del son y la salsa a la metrópoli colombiana. Revelándose además una "ciudad escondida", par tal vez de Zemrude: "La urbe que existe según se mire, de acuerdo con lo que quiera ver el viajero en ella y conforme a su humor", en palabras de Ítalo Calvino, el italiano engendrado en Santiago de Las Vegas, Provincia de La Habana, por esas ocurrencias de las Moiras y los Orishas.

Hallándome en consecuencia con la "ciudad nunca vista por sus habitantes", sino con la "metrópoli conjeturada por los europeos", quienes motivados en conocerla, y sobrevolando ya el altiplano andino, se asombrarán al descubrir, en lugar del mar esperado, a un océano vegetal habitado por seres cubiertos de la cabeza a los pies, abrigados ante el frio primaveral, y jamás calentanos en camisetas coloridas, bermudas playeras y chanclas tres puntá. Eso sí, advirtiendo sorprendidos, una vez aterrizados, cómo la metrópoli montuna se transforma en urbe tropical como la más costera o insular, oyendo su banda sonora, igual a como la suponía antes de abordar el vuelo y a semejanza a cómo el profe Silva la connota a partir de sus sondeos.

Encontrando yo, en otro texto y en distinto contexto, en El Espantapárrafos, la librería del poeta Roca, con la "Breve Guía de Lugares Imaginarios" de Guadalupi y Manguel, enseñándome la yunta acaso cómo acometer esa suerte de apuntes más allá de los datos que cercanamente nos emocionan a los salsómanos, germinando entre líneas esa sarta de personajes tras la epifanía del sexteto del enano, jorobado y maltrecho de Alfredo Boloña en un manuscrito de Villegas -el viejo lobo de mar, timonel del Salomé Pagana y un Cohiba siempre a su alcance como el acostumbrado por Johnny- sobre la Bogotá fiestera de comienzos de los alegres y locos años veinte, cuando todo todavía era creíble. A diferencia de hoy, cuando "la civilización del espectáculo" diagnosticada por Vargas Losa impone condiciones al espectador, impotente -como lector- para erigir tal vez sus propios monstruos, como los figurados por Arreola, Borges o Cortázar, y prescritas de paso las "terras incognitas" de los mapas mundi.

Es también cuando escucho al poeta Roca expresar que "la realidad debería ser prohibida", friccionando su índice derecho, humedecido por la saliva, las esquinas de los folios de la última copia del segundo libro de la Poética envenenados quizás por Jorge de Burgos, el anciano invidente y guardián de la biblioteca de obras paganas y piadosas del periodo mayor de la cristiandad y monje para quien "la poesía era engaño, las comedias irritantes y la risa expresión de la duda".

*Por una calle que lleva el nombre de un líder histórico,*
*que de noche se llena de putas histéricas de nombres bíblicos,*
*se apareció un desempleado tartamudo optimista olímpico,*
*sin un centavo en su bolsillo pero con una erección magnífica.*

*En el mercado del pecado se internó a ofrecer su anhelo,*
*con la inocencia de una oveja que trotando entra al matadero,*
*se aproximó hasta a una betuta proletaria y ardientemente,*
*punto por punto, le explicó su situación afanosamente.*

*La prostituta lo miraba embelesada sin comprenderle,*
*hasta que al fin pudo entender lo que el pela'o llevaba en la mente,*
*se le acercó a la cara como a darle un beso hecho en aguardiente,*
*pero en vez de eso, le gritó sin compasión: "¡pié-pié-piér-pié-piérdete!*

*Y salpicado en la saliva de la puta por su alarido,*
*el tipo vio que el bulto en su braqueta había desaparecido*
*y con la fuerza que su orgullo herido dio a su voz quebrada,*
*dio la respuesta que hoy se ha vuelto una leyenda por la barriada:*

*Tú te lo pi-pi, tú te lo pi-pi,*
*tú te lo pi-pierdes por ser tan hija 'e pu-pu.*

*Rubén Blades*

15

Advirtiéndome el duende que por ahí era la cosa, trasteándome de inmediato, en mi rol de errabundo digital, al periodo anterior a la invasión de Abya Yala por el genovés y sus marineros transmutados en descubridores y conquistadores, al tiempo cuando los moros introducen el laúd en Hispania, denominando "salsus", los esclavos en las cocinas de Roma, al salazón que preparaban para conservar el pescado que los nobles consumirán en sus mesas o quizás a ese momento cuando La Tierra en absoluto se extendía más allá de las Columnas de Hércules, sin suponer los mediterráneos las existencias, allende el Mar de las Tinieblas, tanto de un asombroso archipiélago poblado por caribes, siboneyes y tainos, como de una aldea muisca en la meseta del cóndor, transformada por Ximénez de Quesada en caserío castellano, el mismo donde don José María Samper expondrá en su texto de "Honda a Cartagena", años antes de ser declarada "Atenas Suramericana", que "los negros nacen bajo un sol abrasador y al interior de una naturaleza exuberante que lo da todo con profusión exagerando el desarrollo físico de los órganos, debilitando sus funciones y degradando su parte moral".

La capital adonde arribarán esos seis ñáñigos del sexteto del enano, jorobado y maltrecho de Alfredo Boloña extractados al parecer de "Écue-Yamba-Ó", la primera novela de Carpentier, y que gracias a Blanco Aguilar, R.R. Oropeza y Villegas demandarán asiento en la crónica oficial de la salsa, aunque Reyes Fortún desconfía de la veracidad en los datos consignados por Blanco Aguilar en su breviario sobre los ochenta años del son, regalándome Pagano un facsímil. Así como luego, en época de Sonfonía, llegará a ésta metrópoli ese mulato dominicano de aspecto quijotesco, flaca figura y dicharachera corporalidad, el mencionado Johnny, demandando ser una de las celebridades más influyentes de ese siglo a instancias de su disquera y sus estrellas, fluyendo de los acetatos marca Fania Records, los alientos de todos aquellos soneros y salseros nacidos en ese rosario de islas que siglos atrás inspiraron al inglés más famoso a componer "La Tempestad", la trama en torno a un duque y mago exiliado en esos parajes tras su destronamiento, conociendo allí a Ariel, flautista y tamborero, y a Calibán, el salvaje a quien esclavizara, manifestándoles: "Estamos tejidos con los mismos hilos de la tela de los sueños", principio tal vez descocado de lo real maravilloso en el Nuevo Mundo.

Sin embargo, debo confesar retomando el hilo, aterrorizado durante la escritura por los deseos y la marcha de las horas, la fatiga misma y los temores acumulados, todo se (me) confundía en un laberinto sin salida, aprovechándose todos los involucrados de ese galimatías para transfigurarse en seres ficticios al interior de una narración (ojalá) ilusoria, ocurriendo en la "ciudad imaginada" por los europeos, en la "inventada" por el propio derrotero o en una urbe de las tantas "invisibles" de Calvino, articulándose con lo creído, lo conjeturado, lo gozado, lo mítico, lo revelado, lo irreal y lo visto.

Al final, este manuscrito, "con nombres propios a considerarse seudónimos a lo largo del relato, y sus hechos, a veces tomados de la realidad, pero resueltos como imaginarios", atendiendo al autor de "Tres Tristes Tigres", y con Arciniegas, Barthes, Cabrera Infante, Calvino, Carpentier, Eco, García Márquez, Gruzinski y Morin, además de Burton, Herzog, Kusturica, Solás y Woody Allen haciendo cocos tras un farol de esos que en las calles capitalinas expelían cierta fetidez, dejando ver entre las sombras a los filipichines resguardados por sus capas de anticuados hidalgos, desenlace de una aventura hegeliana entre la "dialéctica del amo y el esclavo", invitando al lector y la lectora a internarse en su entraña y en la "ciudad escondida", situada a tres cuartos de legua del "Cuadrángulo de La Má Teodora"-

-El lugar inexistente, -diría Quevedo.

En cualquier caso, agradezco a Láquesis, "La Moira que arroja el ashé", solicitando de paso a ustedes, amistades y leyentes, tener compasión de mí, mientras se deleitan con las canciones insinuadas en el manuscrito, degustando a la vez un trago de ron embotellado en las bodegas de Cárdenas.

El autor, editor y compilador.

# EN UN LUGAR DE LA MANCHA



"Saca Las Bestias" comenzaría sin proponérmelo una mañana del mes cuando arribaban los gitanos a Macondo, pero mediando los noventa, cuando en la antecámara del Tequendama increpé a Johnny en medio de un alboroto generalizado: "¿Cuándo Fania pensaba cancelar a los autores cubanos sus regalías?". Ignorando que el dominicano ya no era societario de la disquera, pues "creyendo ciegamente en Masucci" había vendido su porcentaje a un impostor llegado de la remota República Oriental del Uruguay.

-Nunca entendí porque "masucio" me sacó de Fania, -contestó alguna vez el director de la "Orquesta Sonfónica del Bronx" a un reportero anónimo alardeando con su agudeza, jovialidad y talante.

Años luego, Eugenio Pérez confesaría que Johnny sobrellevaba dificultades jurídicas obligándolo a ceder su participación, mientras Villegas por su parte contaba que Fania padecía dificultades con el fisco, de ahí esa treta como otras, empezándose a saber de indistintos conflictos con otros miembros de esa constelación, casos: Blades y Harlow, forzándose el Judío a transar hasta con las esposas de muchos de sus artistas para el pago de grabaciones y presentaciones.

-¡La salsa se encuentra en una encrucijada, y debe aparecer un nuevo títere, una estrella que la salve! —declararía Lavoe a la prensa ansiando que su hijo fuera incorporado a la "Sonfónica del Bronx" en un rol protagónico. Conllevaba la disquera el consabido traumatismo, propio de los cambios, ante la sacada de Johnny que sería el inicio de su ruina, oscureciéndose su alegría, musicalidad e integridad, reduciéndose a tan solo una oficina de chepitos de sombrero negro, vestidos de frac y zapatos oscuros también, portadores de maletines saciados de facturas cobrando derechos de ejecución pública y radio-transmisión, padecidos hasta por Hozzman en Puente Aranda.

Johnny estaba en la "ciudad escondida" porque al día siguiente la "Sonfónica del Bronx" actuaría en El Campín, dieciséis años después de su debut capitalino en el mismo coso. Se hallaba en la metrópoli que era hogar de Arciniegas, el escritor de "El Caballero del Dorado", revelando ese manuscrito cómo don Miguel de Cervantes Saavedra se inspiraría también, para componer "El Ingenioso Hidalgo Don Quijote de la Mancha", en las conversaciones de los familiares de su primera esposa, doña Catalina de Salazar y Palacios, parientes a su vez de Ximénez de Quesada, el fundador de la aldea castellana en el altiplano andino rebosante de humedales y serranías.

Ahí donde existía un poblado muisca, días antes del arribo también, desde las ardientes llanuras del Orinoco de las huestes de Federmán y desde Quito de las tropas de Belalcázar, dejando este adelantado, instituida en territorio calima, la villa que Johnny visitará cuatro siglos después, declarándola "Capital Mundial de la Salsa", evolución de su quijotesca visión por allá en los sesenta y por gestión de Yusti, el burgomaestre que hasta El Corso en Nueva York fue a dar cuando joven para conocer a su ídolo, estimándolo "padre de la movida salsera".

Girando Johnny de inmediato su cuerpo hacia el impertinente en el pasillo que intrépido le había injuriado a quemarropa.

-Chico, ¿tú qué sabes de eso? —alegó deteniéndose a escuchar que le contestaría, desapareciendo en un santiamén la afabilidad que le caracterizaba, así como las chocarrerías salerosas que permanente liberaba, habituales para quienes le conocían, facilitándole radiante orientar tantas personalidades con tan distintos egos y crianza en suburbios tan malandros como el Sur del Bronx, llevándolos al estrellato, así como a la propia Fania Records, nacida de un sueño, y a la misma "Sonfónica del Bronx", gestada en las urgencias de la noche.

Silencio absoluto.

-¡Espérame aquí!

Me quede ahí, entre obediente y preocupado, sin imaginarme que uno de mis ídolos, a quien al parecer había agraviado, regresaría minutos después pero acompañado por Yusti, dirigiéndose a una de las salas del vestíbulo e invitándome a seguirlo y a sentarme en una de las poltronas.

-¿Sabes quién es Tite?

-¿Tite Curet? —respondí preguntando.

-¿Sabes cuántas obras son de  Tite?

-¿Más de cien? —recité dudando una cifra que yo en otra situación manejaba con fluidez. Había pasado de entrevistador a entrevistado por fungir de justiciero, pero contra las cuerdas, y tras cada vaga respuesta, otra pregunta, abordando de un momento a otro el bloqueo a Cuba: "¿Chico, acaso nosotros subimos a Fidel Castro?". Y luego al fisco gringo: "¿Sabías que a Al Capone lo encarcelaron por evadir impuestos?". Indagando a continuación por Lavoe: "A quien le dedique 'Mi gente' y 'El rey de la puntualidad'. Yo mismo he escrito cómo ciento cincuenta canciones". Mencionando luego a Richie Ray, a Blades y a Willie Colón. Respondiendo yo siempre a medias.

-¡Te digo que son quienes más cobran regalías! ¿Sabes cuántos discos se vendieron de "Siembra"?

Ignoraba exactamente cuántas copias, murmurándose en los corrillos y micrófonos de los salsómanos que era el disco más vendido en la historia de la salsa. Vacilando respondí.

-¿Tres millones?

-¿Has visto que las canciones son de Rubén?

-A excepción de "Ojos", -aclaré.

-¿"Ojos"?

-Sí, es de Johnny Ortiz, -precisé. Un dato memorizado desde el día cuando compré el álbum a finales de los setenta.

¡Por fin una!

Johnny me aleccionaba, evidenciando yo cuanto desconocía de la salsa misma como de los asuntos internos de Fania, contándole a él, y ahora a ustedes, que mi labor entonces como pinchadiscos en Sonfonía y en la radio era gracias a esa ilusión de felicidad y unidad vislumbrada por el santiaguense en el mismo año cuando Martin Luther King proclama…

*… nunca estaremos satisfechos mientras a nuestros hijos les sea arrancado su ser y robada su dignidad con carteles que rezan: "Solamente para blancos"…*

… frente a una multitud en las escalinatas del monumento a Lincoln en Washington durante la marcha por los Derechos Civiles, sin presagiar mi interlocutor, ni entrever del estremecimiento que causaría su fantasía corporativa años después en ámbitos tan insólitos como esa "ciudad escondida" que visitaba a más de mil kilómetros del "Cuadrángulo de La Má Teodora" y en un subterráneo de Chapinero donde tirábamos paso a instancias de lo grabado en los discos sacados de las fundas de los álbumes alineados en el mueble adherido al muro de ladrillos, en gran porcentaje producidos bajo su supervisión.

-Johnny, entonces ¿cómo Fania se volvió famosa?

-¡Tocando música cubana!

-¿No entiendo?

-¡A nuestra manera, cambiándole la fachada!

-¿Mezclándola con jazz y rock?

-¿Sabes de Don Quijote? -me preguntó acariciándose su barbilla de hidalgo medieval y su mostacho de puntas afinadas, el rostro enjuto, la nariz puntiaguda, los ojos algo achinados, las cejas negras pobladas y el cabello de rayos plateados matizados en ondas.

-¿Un escritor? -pensé confundido, desconociendo el porqué de esa interpelación cuando el interrogatorio se relajaba.

Comprendiéndola años después al leer la entrevista de Mimí Ortiz, "En Casa de Johnny Pacheco", revelando sobre la colección de Quijotes en el hogar del pepinero, facilitándome recrear ese encuentro dramático como efímero, enriqueciéndolo con las conversaciones de entusiastas como Aurora Flores y David Carp, Eduardo Livia Daza y César Pagano, Leonardo Padura y Umberto Valverde, Juan Velásquez y Manuel Villalona, entre otros, quienes con sus crónicas, documentales, encuentros y reportajes posibilitarían profundizar en ese ser humano bautizado Juan Zacarías y apodado Johnny, quien -el día cuando fue acreditado como Embajador Cultural de su país- declararía presagiando su muerte:

-¡La mayoría de mis sueños están cumplidos!

Augurio manifestado meses antes que la anciana mujer de la sombrilla verde aceituno, el sombrero negro, la bata gris, el bolso rojo y las botas plásticas verdosas, obedeciendo a Átropos, se lo llevara.

-¡Muchacho! ¡La novela de Miguel de Cervantes Saavedra!

-¿Qué dije acaso? -me dije.

-Muchacho, he vivido desde chamaco, desde cuando mi padre me regaló una armónica, como un soñador creyendo en lo imposible, pensando en la felicidad de todos y escuchando a los mayores y viendo trabajar a los mejores en el negocio de la música, a los "americanos".

-¿Escuchaba a Arsenio Rodríguez, a la "Sonora Matancera"?

-A Arsenio, a Arcaño, a "La Sonora", al "Conjunto Casino", al "Sexteto Habanero", a quienes siempre he escuchado, desde cuando era niño allá en mi casa en Santiago de los Treinta Caballeros, y los oía en el radio después de mi madre sintonizar las radionovelas en una emisora cubana que captábamos allá, en el norte de la República, donde salían los mejores músicos y se preparaba el mejor chivo, pero no te hablo de los cubanos en la música, sino de don Rafael Pérez en el negocio de la música.

-¿Don Rafael Pérez?

-Sí, el presidente de Ansonia Records, una de las personas más dulces que he conocido. Don Rafael me ayudó mucho mentalmente, cómo prepararme para el negocio, diciéndome que veía mucho potencial en mí. Cuando yo era un técnico eléctrico y tocaba el acordeón y la tambora, repitiéndome Don Rafael, siempre que me hablaba: "No pienses en pequeño".

-¿Y Masucci?

-Jerry era un joven acabado de graduarse de abogado cuando lo conocí, apasionado por la música cubana, en especial de la "Aragón". Nos hicimos buenos amigos, hermanos, tanto que manejó mi divorcio. Íbamos a muchas fiestas, me lo lleve para el África, gracias a "Acuyuye", como ingeniero de sonido. ¡Mentira, no sabía ni poner una plancha! Le gustaba la música, pero tenía los pies cuadrados. Entonces le conseguí unas maracas sin pepitas para que las agitara en medio de la orquesta y la gente no se diera cuenta que él no era músico.

-¿A Zaire?

-No, mucho antes de organizar a "Fania All Stars".

-¿Por qué fundó Fania Records?

-Yo quería integrar a los latinos y ver triunfar nuestra música, así como los blancos tenían su rock and roll y los negros su soul, tanto que le conté mi sueño a Jerry de fundar una disquera viendo como los negros tenían a Motown.

-¿La combinación perfecta?

-Jerry sabía de leyes y papeles y yo del negocio de la música. Él era mi abogado y yo me decía: "Voy a necesitar a alguien para que maneje la documentación, porque no puedo hacer todo". Él tenía muchos contactos en Nueva York. Nos estrechamos las manos, y pusimos dos mil quinientos dólares cada uno prestados por la madre de Jerry. Así empezó todo, Jerry distribuía los martes, jueves y sábado y yo los lunes, miércoles y viernes. Luego principiamos a contratar músicos y a grabar. Los artistas que firmamos se hicieron grandes: Harlow, Bobby, Willie, Héctor. Metiendo todo dinero que ganábamos a la compañía tras recorrer las calles en mi carro, y hasta en guaguas, distribuyendo los discos en las tiendas. Al principio, ni oficina teníamos, y la gente decía: "Mira en lo que terminó Pacheco".

-¿Dónde abrieron la primera oficina?

-Eran dos: mi Mercedes 180 y el cuarto de escobas en la oficina de abogados donde Jerry trabajaba. Los discos los guardábamos en la empresa de aparatos eléctricos de mi hermano. Así fue durante dos años y medio o tres hasta que nos ubicamos en el 850 de la Séptima Avenida, cerca al Carnegie Hall, y de ahí nos fuimos al 888.

*Fuentes:*

*1. Arciniegas, Germán: El Caballero del Dorado. Ediciones de la Revista de Occidente. 1969. Madrid, España.*

*2. Pagano, César: El Imperio de la Salsa. Icono Editores. 2018. Bogotá, Colombia.*

*3. Carp, David: Una visita al maestro Johnny Pacheco. Descarga–Herencia Latina. Enero 10 de 1997. Nueva York, EE.UU.*

*4. Padura, Leonardo: Los Rostros de la Salsa. Tusquets Editores. 2020. Bogotá, Colombia.*

*5. Ortiz Martín, Mimí: En casa de Johnny Pacheco. El Nuevo Día. La Revista. 2007. San Juan, Puerto Rico.*

*5. Flores, Lucía: Frases de Héctor Lavoe. Frasess.net. Febrero 28 de 2019.*

# LA HABANA TIENE UN SON



*Voy a contarte una historia que realmente sucedió,*
*andando por una loma cerca de un río,*
*se me apareció un negrito y me dijo:*
*"Ven acá, te voy a llevar a una fiesta*
*de una grande sociedad".*
*Cuando llegamos al lugar, el negro agarró un tambor,*
*y empezaron a tocar y la fiesta comenzó,*
*esta sociedad es orgullo de los negros ñáñigos*
*que tocaban y bailaban al son del tambor.*

*Milton Cardona*

Johnny se hallaba en la "ciudad escondida" siete décadas después de acoger está metrópoli al sexteto del enano, jorobado y maltrecho de Alfredo Boloña, el abordado por Carpentier encontrándose detenido (por comunista) en la Penitenciaria de La Habana por ordenanza de Machado. Haciendo a cinco, de  los seis músicos, del reparto en el manuscrito que Caspa pondrá en mis manos con anterioridad a la fecha cuando decide radicarse en Yopal. Existía Sonfonía y el Partido del Vivir Sabroso -dispuesto a instituir La República de La Fraternidad, La Igualdad y La Libertad- esperaba que el estudiante de derecho en La Nacho algún día alcanzara una alta magistratura, como en cambio sí logrará la presidencia de una corte, la más reciente, otro de los nuestros y cuyo nombre me reservo pero quien gozaba de un mote de cantante y futbolista.

Ese escrito era "Écue-Yamba-Ó" en la edición de Bruguera de 1979, aparentando la portada el estampado de una caja de tabacos o quizá el impreso de una botella de ron, de aquellas que circulaban entre las mesas del Salomé Pagana o de la misma Sonfonía. Una novela leída a satisfacción en su momento, pero sin manifestarse en la materia que nos compete, tanto a usted como lector, como a mi en el rol de entusiasta, hasta el día bien avanzado cuando su contenido se revelará a plenitud. Eso si previo repaso de "La Habana tiene un Son", testimoniando R.R. Oropesa asignaturas trascendentales para la cuestión que nos incumbe. Por ejemplo, cómo la salsa (a lo mejor) se gestaría en las entrañas de una hermandad de negros encerrados en un caserón localizado en el cuchillo de Zanja y Dragones, en la entrada al Barrio Chino, a cuya hechura contribuiría, sin proponérselo, un aventurero rolo, Nicolás Tanco, hijo de un ex-ministro de Bolívar y enemigo del abolicionismo, transfigurándose en objetivo del mandato de José Hilario López, viéndose ante si obligado a dejar su ciudad natal y viajar a la isla tras su parentela (chapetona y cubana) residente allá, topando a la metrópoli "excesiva (en) cantidad de negros".

-La desproporción de la raza blanca con respecto a la negra era una de las cosas que más me sorprendieron, pensar que por cada blanco hay nueve o diez negros, es una cosa horrible y desconsoladora.

Encontrándose con el encargo de acarrear asiáticos para laborar en las plantaciones, prometiéndoles liberarlos una vez cumplidos los contratos sin valor alguno, llevándose bastantes amarillos la anciana del paraguas verde aceituno durante las jornadas forzadas o efecto del castigo cruel, algo parecido al padecido por los negros, estableciéndose numerosos sobrevivientes en un sector de los extramuros de La Habana, en el Barrio de Guadalupe, cerca del Capitolio Nacional, abriendo allí moradas y negocios hasta un día ser el Barrio Chino, abarcando más de diez manzanas y ser los chinos más de diez mil en ese cuadrilátero formado por las calles Belascoaín y Zanja y las calzadas Galeano y Reina, salvaguardándose en ese suburbio tanto del racismo como de la pobreza, redimida mediante las sociedades de ayuda mutua, instrucción y recreación que organizaban, desapareciendo gradualmente el arrabal afrancesado en su arquitectura para mostrar un ayuntamiento asiático dentro de la metrópoli que era ya La Habana durante la primera invasión yanqui, exponiendo ese pórtico que todavía permanece erigido, consecuente con la costumbre oriental de construir un portal en toda aldea y cerca del caserón donde se recluían los apaches ñáñigos a tocar sus rumbas de clave y guaguancó para protegerse hasta de ellos mismos.

Debió mi hija generosa traerme de Cuba a "La Habana tiene un son", que nunca le solicité, -pues otro fue el impreso demandado-, para entender a "Écue-Yamba-Ó", la obra que Caspa tanto me insistía leyera. Según mi amigo, ahí estaba la clave para comprender numerosos nudos de la fenomenología salsera, entre otros, porqué ese gusto personal por "Yambeque" en la versión de Papo Lucca y su "Sonora Ponceña", programándola en demasía en Sonfonía y disfrutada como siempre desde la primera vez cuando la oí en el Goce Pagano de la Quinta puesta por Carreño.

*Elegbe, elegbe, elegbe, le*
*alala,*
*elegbe, elegbe, elegbe, le*
*abakuá.*

*En una rumba todos los rumberos decían así:*
*E kru koro quiere abakuá...*

*Evaristo Angulo*

Resultando increíblemente esencial "La Habana tiene un Son" para descifrar ese breve párrafo en el pergamino arrojado por Villegas al ciberespacio -en época de la internet, reposando en el portal "Herencia Latina"- en búsqueda de un entusiasta interesado en los orígenes del son cubano en la capital colombiana, desconsiderándose, tal vez dada la irrisoria información que circulaba sobre Alfredo Boloña y sobre su sexteto.

***

La primera noticia que se tiene en Bogotá de un cubano músico me la proporcionó el investigador de ese país, Jesús Blanco, cuando habló de Juan Cruz, quien alegró las noches santafereñas en 1919, y "Alfredo Bologna y su Sexteto", compañeros del anterior, quienes hicieron lo propio en (1923).

César Pagano

***

Y pese a "Un Siglo de Fiesta en Bogotá" estar escrito en esa caligrafía garamond que deliberada lleva al iniciado a afrontar las conexiones reveladoras que ligan invisibles a una serie de insignes manuscritos, empezando por "Écue-Yamba-Ó", redactados en esa incognoscible fuente, permitiéndole al fanático tocado ingresar a una dimensión desconocida como podría ser la crónica bogotana sobre la salsa aun escribiéndose, confrontando inverosímiles antecedentes como el peregrinaje por estos confines del violinista abakuá Claudio

José Brindis de Salas, como lo refieren Betancur Álvarez y José Portaccio en sus textos, siendo más que conocido en las más importantes salas de concierto del mundo como el "Paganini Negro" e hijo de Claudio Brindis de Salas, contrabajista, director y violinista de "La Concha de Oro", la orquesta de baile más querida en los salones habaneros durante la primera mitad del Diecinueve y desdichado al descubrírsele conspirando contra la monarquía chapetona, cercano a los cofrades de la Logia de los Rayos y Soles de Bolívar, sociedad secreta de perfil masónico formada por americanos fraguando la independencia de Cuba y del Nuevo Mundo, entre ellos el ex-presidente de la Nueva Granada, el médico José Fernández Madrid, ancestro del Joe Madrid, uno de los discípulos del Benny Bustillo.

-Joe, ¿cómo te interesaste por la salsa? -le preguntaría Carreño al pianista cartagenero quien había grabado con algunos de los elencos de la disquera de Johnny en Nueva York.

-Por el Benny Bustillo, un trompetista que perteneció a la orquesta de Pérez Prado.

Pues Claudio José Brindis de Salas -luego de actuar en París, Berlín, Londres, Madrid, Milán, Florencia, San Petersburgo, Viena y Caracas, y quien sabe en cuántas ciudades más, residiría una temporada en la "ciudad escondida", abriendo tal vez el derrotero al iyamba Juan de la Cruz como al sexteto del enano, jorobado y maltrecho de Alfredo Boloña, los ñáñigos que presumo compartieron penitenciaria con Carpentier.

***

No hay historias sin sentido. Y soy uno de esos hombres que saben encontrarlo allá dónde los demás no lo ven, convirtiéndose después la historia en libro de los vivos, resurgiendo de su sepulcro a quienes son polvo desde hace siglos, solo que se necesita tiempo para discurrir los acontecimientos existentes, descubrir sus nexos, incluso los menos visibles.

Umberto Eco

***

Pero en realidad, sin "La Habana tiene un son" jamás se hubiese dado está fábula que usted avista, sin imaginar mi hija, ni suponer yo, cuanta información vinculante atesoraba, mutándose en piedra roseta y revelando un itinerario quizá diferente al especulado sobre el ascenso del son a esta "ciudad escondida", la urbe de Alfonso Nieto, a suficientes leguas del cuchillo de Zanja y Dragones.

# EPIFANÍA

*Y aquel Verbo fue hecho carne,*
*y habitó entre nosotros*
*lleno de gracia y de verdad.*

*Juan, El Evangelista*

El arribo de "La Habana tiene un Son" sería el develamiento que articularía lo avisado en la asignatura salsera capitalina, estimulándome a retomar el ascenso del son a la capital colombiana más allá del mero relato que aún circula entre las mesas de los Café-Libro, de Quiebra-Canto o de Salsa Camará, murmurándose que fue traído por costeños, mencionándose al Viejo Mike cuando el barranquillero ni siquiera lo acariciaba la brisa del Gran Río, y que lo grabado había sido conocido mediante la radiodifusión, cuando ni siquiera se había fundado la primera emisora comercial, siendo La Voz de la Víctor la más regular en sus emisiones, remotas por cierto para la fecha venidera cuando Johnny -el artífice entre líneas de esta arqueología del saber sonero y salsero- se auto-proclamará:

-¡Yo soy la salsa!

Protegido acaso por la divinidad a quien se había encomendado el santiaguense siendo apenas un joven de contados veintiocho marzos, alegre ganador pero despojado por el Judío de su disquera, de su sueño, aglutinador de quienes serán idolatrados por toda una generación sin imaginárselo siquiera y tras la epifanía que experimentará, conmocionado tanto, que bautizará a su emprendimiento con un nombre profundamente esotérico, afectado entonces por su divorcio como esperanzado estaba en un próspero como saludable porvenir, como sucederá y tras la irrupción de Chubby Checker con el twist, transfigurándolo en uno de los seres más influyentes de su siglo, sin el debido reconocimiento pese a todo lo logrado por "Fania Records", la banda sonora de América Latina en los setenta.

*Aro, aro, macagua,*
*Fanía.*

*Aro, aro, macagua,*
*Eh, eh.*

*Aro, aro, macagua*
*Fanía*

*Aro, aro, macagua,*
*berequetesí mangiaco,*
*Fanía*

*Berequetesí, mangiaco.*

*Ese África a mí crocró,*
*Fanía.*

*Ese África a mí crocró,*
*ese África a mí crocró,*
*Fanía.*

*Ese África a mí crocró.*

*Fanía funche,*
*Fanía funche,*
*Fanía funche,*
*Fanía funche,*
*Fanía funche,*
*Fanía funche,*
*Fanía funche.*

*Ese frita mi crocró*

*Aro mataguá*

*Oye mira, mira cómo dice:*
*funche.*

*A Rosario a ti confío,*
*funche.*

*Confío para que alivies mis penas,*
*funche.*

*A Rosario a ti confío,*
*funche.*

*Confío para que alivies mis penas,*
*funche.*

*Y termina la condena,*
*funche.*

*Condena que sufre el corazón mío,*
*funche.*

*A tus plantas sin desvío,*
*funche.*

*Gustoso yo me postraré,*
*funche.*

*Y con amor besaré,*
*funche.*

*Tu rostro cual relicario,*
*funche.*

*Aro, aro, mataguá,*
*funche.*

*Fanía funche.*

*Reinaldo Bolaños*

Acarreándose a Johnny la anciana mujer de la sombrilla verde aceituno un lunes de carnaval, bastantes años después de la sacada del Judío y luego de un buen número de venidas a la "ciudad escondida", presagiando el soñador quizá ese sitial donde la humanidad aún no le sitúa, recomendándole a los suyos se tallara, a manera de epitafio, la dedicatoria: "Aquí yace Johnny Pacheco contra su voluntad", en la lápida de su tumba en el Cementerio de Woodlawn en el Bronx.

Se iría Johnny ignorando, como la mayoría de salseros y salsómanos, de la exótica presencia del sexteto del enano, jorobado y maltrecho de Alfredo Boloña por estos lares a tres cuartos de legua de los Santiago, el puerto cubano y el poblado dominicano, allá en el "Cuadrángulo de La Má Teodora", cuna del pepinero (nueve) años después del debut de los ñáñigos en la "Atenas Suramericana", y un (par) luego de Valentín Cané fundar a la "Tuna Liberal" en Matanzas, antecedente del "Septeto Soprano", de la "Estudiantina Sonora Matancera" y de la "Sonora Matancera", tan queridísima por el hijo de don Rafael Azarías y doña Octavia, como por nuestros compatriotas en los cincuenta, cuando no había fiesta ni baile sin sus grabaciones y éxitos. Y (tres) antes que los esposos Granados Arjona parieran en Barranquilla a quien apodaremos El Viejo Mike, atribuyéndole los capitalinos el ingreso de la salsa a su urbe, y (seis) antes que los rolos oyeran a Miguel, Rafael y Siro interpretar el "Manisero" en el Faenza, estando de moda en el orbe la versión de "Don Azpiazu y la Orquesta del Casino de La Habana" entonada por Machín, la primera gran estrella del son en el planeta.

*Maní, manisero, maní,*
*sí te quieres por el pico divertir,*
*cómprame un cucuruchito de maní…*

Moisés Simmons

Preguntándose la gente, entre ésta, las damitas y flappers de la burguesía capitalina luciendo sus peinados arriba del lóbulo, las características puntas art déco, el capul sobre la frente y ese ligero aspecto masculino en la nuca: a lo Clara Bow, a lo Coco Chanel, a lo Irene Castle, a lo Marlene Dietrich, a lo Mary Pickford, a lo Louise

Brooks, minuciosamente oteadas por ellas en las películas mudas, delineadas sus arcadas a lo Tutankamón, detalladas las cejas, las pestañas deliciosamente encrespadas, los párpados ensombrecidos y los pómulos empalidecidos con polvo níveo pero retocados con rubor, dejando los labios escapar entreabiertos un hilillo del humo del cigarro introducido en la boquilla de fina coquetería, cuando solo los hombres se permitían fumar en público, perfiladas sus pequeñas bocas con labiales anaranjados, rojos o rosados, peripuestas con los estilizados faldones, los coquetos flecos, las sensuales boas de plumas y las rodillas al descubierto...

...quienes eran esos cinco corpulentos negros y ese enano, jorobado y maltrecho observados a diario en distintos lugares de la ciudad, liberadas ellas del represor corsé, meneándose en sus bailes al ritmo del charlestón y los foxes grabados por la Brunswick, la Columbia y la Víctor sobre las pistas de los florecientes salones de té, frecuentados además por el Bambuco Samper, el Chiquito Lleras, el Gallino Vargas, el Muelón Lleras, el Ovejo Gómez, el Pollo López, el Runcho Ortega y otros filipichines de ropajes de lana a colores y a cuadros, irritando a los viejos conservadores trajeados de negro.

Una aparición aislada de aquel sexteto de afrocubanos, aún por esclarecerse, siendo constituyente ilustre del emergente son habanero, acaso el primer conjunto de son organizado en el mundo, basado en la "Agrupación Boloña", más nunca la primera agrupación de son en reunirse si nos atenemos a don Cristóbal Díaz Ayala, el viejo lobo de mar por excelencia, refiriendo en sus manuscritos discográficos que existían duetos, tríos y cuartetos que ya interpretaban sones, como el "Oriental", fundamento de ese "Sexteto Habanero" mencionado por Johnny entre los escuchados por su padre en la sintonizada radio cubana y que tanto gustaba también a los Cañate, a los Cassiani, a los Salgado, a los Simanca y a los Valdés laborando en el Central Colombia, en inmediaciones de San Basilio de Palenque, raíz de un montón de centenares de sextetos de clave y marímbula en las sabanas del otrora Estado Soberano de Bolívar a fragmentarse en los departamentos del Atlántico, Bolívar, Chocó, Córdoba y Sucre, conformados por negros de anchas camisas floreadas y destellos dorados en la dentadura, el cuello, las muñecas y los dedos de las manos, tal como Lucas Silva los toparía en su peregrinación por esas tierras.

# SERPIENTE MARINERA

*Metámonos en la taberna de la historia,*
*que vengan aquí, a la mesa redonda,*
*a conversar con el estudiante de América,*
*estudiantes de todos los tiempos.*

*Germán Arciniegas*

Esa visita del sexteto del enano, jorobado y maltrecho de Alfredo Boloña pasaría desapercibida en la capital colombiana hasta el día cuando Villegas arroja el pergamino al ciberespacio, pese a la extrañeza causada por los afrocubanos y su andar de negros, a semejanza de los bogas del Gran Río de la Magdalena, de los Hombres Caimán y de las Hembras Hicoteas, por esa ciudad de gentes blancas, mestizas e indígenas que renovaba su aspecto, fúnebre sí se quiere, comparada con la alegre, cosmopolita y mulata Habana, destacándose el Conde de Cuchicute entre nuestros paisanos, tanto por el monóculo que lo caracterizaba, como por sus impecables trajes confeccionados en paños de variadas tonalidades azules y el sombrero ídem, adelantándose en algunos años a Luis Carlos Meyer vestido de la cabeza a los pies de lino blanco y no solo durante sus presentaciones en la delantera de la orquesta del Granada dirigida por Wolfgang Amadeus Tobar, sino durante su transitar diario por la Avenida de la República.

Avanzaba un periodo de la humanidad cuando la industria mediática del espectáculo apenas se colaba, inexistiendo la radiodifusión en la "ciudad escondida" para invitar a los capitalinos a presenciar una agrupación como el sexteto del enano, jorobado y maltrecho de Alfredo Boloña, tan afamado en la isla, más que el "Alma Tropical" y el "Física Popular" referidos por Carpentier en "Écue-Yamba-Ó", los promotores de broncas y rumbas en el Solar de la Lipidia y en los patios aledaños, como el África donde residía Chano Pozo, poniendo a gozar a Cándida Valdés -la mulata caliente, pagada su habitación por un chapetón, dueño de una lavandería-, a Crescencio Peñalver -negro presumido cantando arias bajo la ducha, mirando con desdén a sus vecinos y crujiendo también la colombina de Cándida cuando el temba marchaba a entregar la ropa limpia- y a Longina —llevada de niña a Haití por su díscolo padre para ser criada por una tía maltratadora, retornando a Cuba arrejuntada a un jornalero haitiano, dispuesto a venderla a quien fuera, en este caso a un borracho y pendenciero de nombre Napolión Conociendo ella después a Menegildo Cué en el caserío inmediato al Central San Lucio, enamorándose y casándose tras familiarizarse su esposo con Antonio y pagar condena -en el mismo penal con Carpentier y cinco de los ñáñigos del sexteto del enano, jorobado y maltrecho de Alfredo Boloña- por un crimen confuso. Haciéndose Cué guapetón y reconociendo a La Habana entera al ser liberado, aprendiendo entre tanto a tañer el bongó que repiqueteará en el "Física Popular", oficiando a la vez de verdugo de Juan El Bautista en el parque de diversiones para ganarse unos pesos más, lindante a la muestra que cada año "exhibía a la adormecida boa capturada en el Orinoco, al camello con la giba caída, al elefante invariablemente sucio, a las tres hienas ruines y al león dando vueltas enjaulado". Tal vez la feria, en cuyo circo pudo ser visto Sindo trabajando de trapecista, retornado de Santo Domingo tras cumplir tareas para el separatismo, sabedor como Eco, que los agentes de policía no son buenos lectores, pues no avanzan más allá de las dos o tres primeras páginas.

El sexteto del enano, jorobado y maltrecho de Alfredo Boloña era una de las agrupaciones fraguadas en las encerronas organizadas en la clandestinidad por los apaches abakúa en el cuchillo de Zanja y Dragones, respondiendo a la belicosidad de las demás comunidades leopardas, pero ante todo protegiéndose de la persecución policial desatada por las autoridades habaneras obedeciendo el mandato de la Casa Blanca, entrometida de lleno en los destinos de los isleños, suscrito el Tratado de París sin criollo alguno en el debate ni la firma y por el cual Cuba y Puerto Rico -"las dos alas de un mismo pájaro", según Lola de Tió- dejaban de ser posesiones chapetonas para metamorfosearse en protectorados por gracia de la Platt, enmienda redactada en Washington y agregada a la primera constitución cubana por un congreso local sometido al chantaje confederado de jamás sus marines evacuar la isla sino era vinculada a la carta magna, aplicándose desde el día mismo cuando Cuba se declara república, sobrevenida diecisiete meses antes de apartarse el Estado Soberano de Panamá de la República de Colombia y perdido ya, para la Nación Mexicana, la mitad del territorio que fuera el Virreinato de la Nueva España a instancias de la vocación imperialista de la Confederación de (los) Estados Unidos del Norte.

*Tiburón, qué buscas en la orilla...*

Eso si circulando una asombrosa novedad desde la insólita declaratoria de independencia, los nacidos en la isla por fin eran cubanos-cubanos, fluyendo los nacionalismos a la par en el resto de las naciones del Nuevo Mundo, concibiéndose por demás los estados a partir de las fronteras delimitadas por las imposiciones europeas, iniciando por la hegemonía vaticana. Ya no eran españoles ni súbditos, eran ciudadanos cubanos iguales ante la ley, pero en el papel en el caso de los negros, porque ni a la guardia les permitían ingresar pese a su calidad de libertos, instaurándose los decepcionados, tanto los veteranos de Las Tres Guerras como los desencantados del liberalismo, en el Partido Independiente de Color al influjo de los ecos abolicionistas de la Guerra que el Viento se Llevó. Y para adversidad mayor de los negros, un parlamentario mulato, traicionándolos, expondrá en el manso congreso una ponencia empeñada en censurar al naciente partido, aprobándose cuando más simpatizantes congregaba el movimiento, ilegalizándolo y dando pie al gobierno -intervenido por los yanquis- a someter a los dirigentes, huyendo varios a las montañas orientales, resguardo precedente de macheteros mambises y decenios luego de los barbudos marxistas, a menos de noventa leguas de la otrora Española en castellano, Ispayola en criollo haitiano o Hispaniola en francés.

*Oriente,*
*si yo pudiera cantarle como deseo,*
*la tierra donde Maceo,*
*alcanzó la luz primera…*

*Cheo Marquetti*

Agrupados, y con células urbanas en La Habana y demás ciudades, los alzados contratacarán asaltando haciendas, destruyendo ingenios e incendiando plantaciones, siendo respondidos por los reclutados por los gringos, entre cuyos uniformados estaba quizás el sargento Vega Chacón, guitarrero que sería del sexteto del enano, jorobado y maltrecho de Alfredo Boloña, y el soldado Godínez, tresero del "Cuarteto Oriental" y apache como leopardo también y personaje significativo en el nacimiento del son urbano.

Era la conflagración que los historiadores del régimen denominarán La Guerra de 1912 y sus opositores La Masacre de los Independientes de Color, cundiendo el pánico en el campo, instalando talanqueras los guajiros para impedir el paso de los combatientes de ambas facciones, así como los pueblerinos clausuraban en sus residencias las puertas y ventanas al oído de noticias informando de otros municipios arrasados, de estaciones destruidas y de oficinas de correo quemadas, así como de las ochocientas viviendas de La Maya reducidas a cenizas, achicharrando hasta los circos, relataría la bella Rachel a Miguel Barnet.

-En Santiago, todo se lo dimos, hasta los disfraces de los payasos, saliendo luego ese pregón que decía: "Alto Songo, se quema La Maya", y no sé qué más, escuchado décadas después por los oyentes del Viejo Mike en la versión de "Johnny y su Charanga", pero obviándose en la locución el drama descrito por la vedete de las zancas monumentales que, pasada la escaramuza, excitarán la imaginación de los habaneros asistentes al Alhambra, contado ella, hembra blanca partidaria del gobierno, que la oficialidad del ejército permanente recurría al ron para doblegar a los alzados, enviándoles botellas a las montañas y a donde se apostaran.

A falta de opio, el ameno planchao transbordaba a otra realidad a las milicias acaudilladas por un albañil y por un cuasi-haitiano, con los resultados esperados por los estrategas chapetones, capturando a los cabecillas y linchando a miles de negros, para satisfacción de quienes llamaban bulla racista a la rebelión, entre ellos la bella Rachel, contrariando el ideario de los insurgentes, demandando -entre muchos otros puntos del articulado- revisar esa "ley del embudo" impuesta por Washington una década atrás, beneficiando en la aduana todo lo yanqui con reducciones arancelarias del veinte al cuarenta por ciento, mientras el azúcar a su entrada en la Confederación apenas el veinte. Escasamente había válido la heroica inmolación de millares de patriotas por la abolición, la independencia y la separación ante ese embutido en la constitución, sin sospechar los adalides mambises que su sueño al frente de las tropas emancipadoras sería burlado en París, otorgándose la Casa Blanca el privilegio de inmiscuirse cuando le pareciese en los designios de los cubanos, de los puertorriqueños y de los dominicanos, quienes pronto sufrirán a Trujillo, así como en el rumbo de los restantes americanos al sur del Rio Bravo.

Tal vez Máximo Gómez, como la mayoría de los criollos en el Nuevo Mundo y la totalidad de los mambises, ignoraba lo antedicho por el sexto presidente yanqui.

-¡Washington no tiene amistades permanentes, sino intereses permanentes!

# HÁBLENLES EN SU LENGUA

*De dos en dos,*
*las maracas se adelantan al yanqui para decirle:*
*-¿cómo está usted, señor?*

*Cuando hay barco a la vista,*
*están ya las maracas en el puerto,*
*vigilando la presa excursionista*
*con ojo vivo y ademán despierto.*

*¡Maraca equilibrista,*
*güiro adulón del dólar del turista!*

*Nicolás Guillén*

Sin embargo, la Platt favorecería la evolución de la música cubana y la metamorfosis del son de una manera espantosa, diría Arsenio Rodríguez, posibilitando su ascenso social y difusión en el mundo con la entrada de la Brunswick, la Columbia y la Víctor, teniéndose noticias de la Edison desde finales del siglo anterior rebuscando artistas y un cancionero más abundante para prensarlos en uno de los muchos inventos que seguramente Melquíades llevaría a Macondo, los cilindros de metal recubiertos de cera. Avanzando entretanto en, las compañías dadas al entretenimiento, las indagaciones sobre la conducta de los seres humanos ante la música grabada, hallando sus sicólogos que los refugiados asentados en los suburbios de ciudades como Nueva York, y en particular en el East Harlem, preservaban su cultura y prácticas, identificándose entre ellos, protegiéndose de paso

47

del entorno y enalteciendo los sentimientos de patria, enorgulleciéndose como seres procedentes de una nación, región o continente.

-Háblenles en su lengua sobre todo y verán cómo se iluminan sus caras sonriendo y respondiendo con una cascada de palabras propias, graben canciones en su idioma y verán como les suscitan recuerdos, comprando los discos en seguida, -les sugerirá un discípulo de Wundt a los ejecutivos y productores de la Columbia por la misma época cuando la disquera graba a la "Lira Colombiana" en Nueva York.

Tan evidente era ese acumulado de emociones en el East Harlem que, a medida que más puertorriqueños se asentaban allí, más agrupaciones de güiros, panderetas y tambores aparecían ejecutando bombas y plenas, así como más conjuntos de bongós y guitarras interpretando canciones cubanas y tonadas jibaras en los andenes de acceso a los bloques residenciales del Barrio, destino de los Pacheco Knipping -con el pequeño Johnny de once años entre ellos- hospedándose en el hogar de una familia puertorriqueña, surtiéndose a lo mejor con la música antillana vendida por Almacenes Hernández, sin imaginarse los hermanos Rafael y Victoria que su discotienda terminaría transformada en tertuliadero sobre la condición del puertorriqueño, como ciudadano estadounidense y como ser latinoamericano, sustentándose en los pensamientos de Albizu y de Betances, gestando una de las narrativas de la salsa en cierne.

*Sale, loco de contento,*
*con su cargamento para la ciudad,*
*ay, para la ciudad,*
*lleva, en su pensamiento, todo un mundo lleno,*

Almacenes Hernández había abierto sus puertas el año siguiente del viaje a Nueva York del sexteto del enano, jorobado y maltrecho de Alfredo Boloña a grabar con la Brunswick y dos después de la Víctor innovar con las grabaciones eléctricas cursando la era del caucho, despuntando el "Sexteto Habanero" como ningún otro, antes de la primicia del tocadiscos, internacionalizándose aún más el son tras su ascensión social -desde el caserón en el cuchillo de Zanja y Dragones- una década atrás, cuando Caruso era el cantante más famoso en el planeta, tanto que un cauchero excéntrico quería llevarlo a cantar en medio de la selva amazónica, revelando los estudiosos en comportamiento humano porque era tan buen negocio la música a instancias de los inmigrados radicados en las vecindades, pese a su estrechez monetaria, siéndoles más intensas las sensaciones en la piel y los sentimientos en el alma.

Fue entonces, cuando los ejecutivos de la Brunswick, la Columbia y la Víctor se frotaron las manos presagiando miles de dólares recaudados en ámbitos como el East Harlem, habitado además por dominicanos y jamaiquinos, decidiéndose a enviar productores y técnicos armados con equipos de grabación a ciudades en el Caribe, como la cosmopolita Habana, beneficiándose de lo dispuesto por comerciantes y emisarios, espías y marines, testigos por demás de los performances en cafés y teatros de Adolfo Colombo, Floro Zorrilla, la bella Hortensia Valerón, Juan Cruz (¿el mencionado por Villegas o será Juan de la Cruz?) y Miguel Zaballa, entre otros solistas, y en los salones de baile de las orquestas de Enrique Peña, Felipe Valdés, Félix González, Juan de Dios Alfonso, Miguel Failde y Pablo

Valenzuela, iniciando la música cubana y el son a ser producidos de manera industrial, comprándoles canciones los buscadores de talentos a los autores e introduciendo a los intérpretes en los estudios, recurriendo hasta al ron los yanquis para escamotearles derechos y regalías, aprovechándose de la ignorancia en asuntos legales y comerciales de una mayoría iletrada, relatando don Cristóbal Díaz Ayala que hasta ilustrados fueron víctimas, como don Gonzalo Roig, con estudios académicos para transmutar en música sus inspiraciones transcribiéndolas en el pentagrama.

Acaeciendo así el proceso como el son fue moldeándose en discos de tres minutos máximo de duración, alcanzando en el Bronx a los Almacenes Hernández y en "La Habana misma para un Infante difunto" a la Ferretería Humara y Lastra frecuentada por los Vila y por don Diego Martínez, y también a la comercializadora de los Giralt, representante de la Columbia, encargándole la búsqueda de talento al director musical del Alhambra, don Jorge Anckerman, descollando una vez más la bella Hortensia Valerón, actriz de ese teatro que incorporaba al bolero, la canción, el danzón, la guajira, la guaracha y el son en sus puestas en escena, orquestadas algunas piezas por Alberto Villalón, notable para este divertimento, y por el mismo Anckerman quien, además de componer, transcribía las letras de los trovadores que solo eran eso, como Manuel Corona, guitarrero (por entonces) del sexteto del enano, jorobado y maltrecho de Alfredo Boloña y quien en riña callejera se lesionaría la mano izquierda restringiéndole sus habilidades. Ignorándose hasta ahora si algún destacamento disquero fue enviado a este confín andino entre la lluvia y la niebla, a ciencia cierta si, dados los intereses imperialistas y capitalistas de los gringos, a la existencia misma del Club Americano entre los cachacos y a la coexistencia de

los salones de audición al interior de los gabinetes de don Ernesto
Duperly, don Luis Correa y don Manuel Jota Gaitán.

*Pero hay otra maraca con un cierto*
*pudor que casi es antimperialista:*
*es la maraca artista,*
*que no tiene que hacer nada en el puerto.*

*A ésa le basta con que un negro pobre*
*la sacuda en el fondo del sexteto,*
*riñe con el bongó, que es indiscreto*
*y el ron que beba es del que al negro sobre.*

*Ésa ignora que hay yanquis en el mapa,*
*vive feliz, ralla su pan sonoro,*
*y el duro muslo a Mamá Inés destapa*
*y pule y bruñe más la rumba de oro.*

# LAS BELLAS DEL ALHAMBRA

*Una ciudad se parece mucho a un animal.*
*tiene un sistema nervioso, una cabeza,*
*unos hombros y unos pies.*
*Está separada de las otras ciudades,*
*de tal modo que no existen dos idénticas*
*y es además un todo emocional.*

*John Steinbeck*

El Alhambra acabaría histórico, convertido en laboratorio de la música cubana, siéndolo también del teatro musical que, ambulante décadas después, traerá al Benny Bustillo integrado al "Conjunto Estrellas Negras" de la compañía de variedades de la bella Rayito de Sol, asistiendo a sus funciones iniciales solo hombres, colándose alguna vez la bella Rachel ataviada con traje de caballero y bigote de utilería para mirar a sus futuras colegas cantando y bailando al puntear de la guitarra tañida por Villalón y al sonar de la orquesta orientada por Anckerman, ejecutando los ritmos insinuados, auscultados en los bailaderos y solares, desde los más encopetados hasta los más prietos, intercalándose entre los cuadros de doble sentido, protagonizados por borrachos, catedráticos, carapintadas, chinos, gallegos, guapos, pintarrajeadas y algún gringo ridiculizado, fuera de otros personajes. Narrando Ferruccio Benincore que allí vio a un bufo de jipijapa y ruana canturreando bambucos, acompañándose de un tiple. Se refería a Adolfo Colombo, contando el tenor italiano residente en la "ciudad escondida" que ese histrión era rolo, mientras otros interesados lo referirán canario, y así nos los revelaría Betancur en su manuscrito sobre las confluencias musicales entre las dos naciones.

Acaeciendo que varios de aquellos artistas y comediantes con actitudes musicales serían y eran contactados por los busca talentos, llevándolos a Nueva York o grabándolos en la misma Habana formando distintas asociaciones, como el "Cuarteto del Alhambra", cuya soprano era la bella Hortensia Valerón, la diva que, dado su estrellato y relaciones con empresarios y políticos, debió ser quizá la persona quien habló a los emisarios de la Víctor sobre esa otra agrupación en la que cantaba y pulsaba la clave, la "Agrupación Boloña" que, según Radamés Giro, viajaría a Camden, en New Jersey, a grabar en el mismo año cuando fue organizada, cuando el rolo Santiago Pérez Triana propone en Boston instaurar la Organización de los Estados Americanos, cuando el Poeta que parecía un Caballo pública la "Canción de la Vida Profunda" y cuando Washington reconoce a Venustiano Carranza como mandatario de la Nación Mexicana.

*Su nombre es Lola, y era corista,*
*con plumas rojas y un collar*
*y el vestido abierto atrás…*

*Barry Manilow, Bruce Sussman y Jack Feldman*

Sin embargo, para desdicha de los coleccionistas, comenzando por Francisco Talavera -dueño de la tienda "Cocodrilo Discos", especializada en discos antiguos e incunables y autor del afamado epígrafe: "Una vida no es suficiente para escucharlo todo"-, esa expedición a Camden de la "Agrupación Boloña" en absoluto aparece referenciada en el memorándum sobre la música cubana grabada de don Cristóbal Díaz Ayala, arguyendo eso sí, el "mayor de los viejos lobos de mar", que innumerables grabaciones -de esa época de los discos de carbón- nunca fueron codificadas o simplemente se extraviaban en las bodegas o se daban de baja durante las conversiones de una innovación mecánica a otra, como los sones de Sindo impresos cuando los cilindros de cera eran "lo último en guarachas". Talvez algún día aparezcan como las mil ochocientas cintas de Fania Records que, durante más de tres décadas, reposaron en un sótano a orillas del Hudson sin Johnny estar enterado, reservándose El Judío su existencia clandestina.

-¡Qué bueno que usted llama porque íbamos a botar todo! -le dijo un guarda al restaurador de lo recuperado, la mitad sin rotular.

Alistándose aquella Habana —quebrantados los negros por el asesinato de muchos de sus hermanos de color- a ingresar en los alegres y locos años veinte, atiborrándose sus calles de automóviles, caminadas por blancos hablando ese mismo idioma platicado por los místeres en la "Atenas Suramericana" y en Cartagena de Indias, colmándose la noche de avisos y bombillos anunciando los innumerables estaderos, atiborrados los bailaderos, mientras se rumoreaba sobre los ajustes de cuentas entre los traficantes de licores, aprovechando los vacíos en la ley seca suscrita en la Confederación e intentando controlar el entretenimiento de la metrópoli caribeña, encantadora como pocas en el Nuevo Mundo y solazada además por el teatro bufo, crítico de los politicastros enriquecidos por la corrupción, valiéndole con dignidad más de un veto.

Enfadándolos tanto que se cuchicheaba un nuevo cierre del Alhambra, burlándose los montajes bufos hasta del entrometimiento gringo en la cotidianidad de los solares, entornos de crianza también de hembras como la bella Rachel, nacida con el siglo en la inventiva de Miguel Barnet e iniciándose como figurante en un burdel, para cantar y bailar luego en circos, como esa carpa en Santiago asaltada por los macheteros secesionistas, y después en casi todos los cabarets de todas las raleas, imaginándose corista del Alhambra, sin dejar de relacionarse con quien fuera para lograr sus propósitos arribistas, soñando con matrimoniarse con un poderoso y formar un hogar de bien, en vecindario de ricos e idealizándose mamá rodeada por sus hijos.



*Barry Manilow, Bruce Sussman y Jack Feldman*

Arribando la fecha cuando materializará su ilusión de figurante gracias a su voz y picardía, pero también al apoyo del gerente de un teatro asistido también por los gringos de la Víctor en la caza de artistas, alojados en el Inglaterra e improvisado el estudio de grabación en el mismo hotel, donde se debió estar el día aquel cuando los técnicos miraron entrar a la bella Hortensia Valerón acompañada del enano, maltrecho y jorobado de Alfredo Boloña al frente de esa plantilla que gestaría a ese sexteto que años después recorrerá las calles de la "ciudad escondida", veintiséis años después de la reapertura del Alhambra en la urbe antillana.

Existiendo aquí el Salón Brunswick en la entraña del gabinete de gramófonos y pianos de don Luis Correa, cercano al Bazar Veracruz del ciudadano alemán, de creencia judía, masón grado 33 y dueño además de la Cervecería Bavaria, don Leo Kopp, operando el Salón Estrella en el segundo piso, dirigido cuando era el Teatro Variedades por don Manuel Martínez-Casado, chapetón con casa de habitación en La Habana pero nacido en Santiago de los Caballeros, vaya casualidad, acogiendo capitalinos y acomodándolos por graderías en consonancia con su estrato social, presentándose acaso en su escenario alguna agrupación importada o local con repertorio cubano, quizás la misma banda del vodevil con algún músico isleño en su nómina o más de uno, actor o actores de "Los Comediantes", la compañía de don Manuel y su esposa, doña Celia Adams, con el protagonismo a ciencia incierta de la bella Celita en alguna función, la hija mayor de un matrimonio que retornaría a su isla a continuar manejando el Teatro de la Comedia, logrando en La Habana un reconocimiento que, al pasar los años, se dirá de ella que era "La Mamacita de la Radio y la Televisión", resultando tan sonado su nombre que más de un chiquilla sería bautizada en su honor, entre estas, tal vez, quien será la máxima estrella de la disquera de Johnny, de la "Sonfónica del Bronx" y de la salsa, doña Celia Cruz.

*No sé qué tiene tu voz que fascina,*
*no sé qué tiene tu voz tan divina,*
*que en mágico vuelo le trae el consuelo a mi corazón,*
*no sé qué tiene tu voz que domina,*
*con embrujo de magia a mi pasión…*

*Ramón Cabrera*

# LAS BESTIAS MECÁNICAS

*Gracias a algunos de los artilugios traídos por Melquíades,*
*José Arcadio Buendía afirmaba que la tierra era redonda,*
*y su estupefacta mujer, Úrsula Iguarán,*
*cansada estaba de las inversiones de su esposo en las diferentes empresas que*
*él realizaba cada vez que aparecía el gitano con un nuevo instrumento*
*llevando a su esposo hasta la locura:*
*lupas, instrumentos de navegación, mapas portugueses,*
*un catalejo, una máquina fotográfica, alfombras voladoras,*
*bolas de cristal para el dolor de cabeza, etc.*
*Cada novedoso instrumento era una nueva empresa para*
*José Arcadio Buendía.*
*Macondo era un pueblo carente de innovaciones científicas.*
*Pero todas estas modernidades para Macondo juegan un rol importante*
*en la historia, ya que de una forma u otra,*
*estas desgracias ligadas a la modernidad,*
*y al empeño de José Arcadio Buendía de llevar a Macondo hacia esta,*
*acababa con fatídicas consecuencias para todos.*

*Isabel Sanjuan y Miriam Adan*

Don Ernesto era cuñado de doña Aurora Angueyra, la mamá de Arciniegas, joven clave en esta "crónica novelada" y bisnieto de Perucho Figueredo, prohombre fusilado por los chapetones y autor de "La Bayamesa", el himno coreado por los mambises entrando en batalla y masón como la generalidad de los miembros de la Junta Revolucionaria de Cuba y Puerto Rico y como la mayoría de los próceres independentistas del Nuevo Mundo y como muchos de quienes aparecerán en este manuscrito y sobrino en segundo grado de Candelaria, la viandante de las calles bayameses arengando a sus paisanos mientras izaba el estandarte precursor a semejanza de la heroína en La Libertad Guiando al Pueblo, el óleo de Delacroix, convidándolos a unirse a los regimientos separatistas integrados, además de lugareños, por centroamericanos, cimarrones, dominicanos, guajiros, haitianos, libertos, mulatos, puertorros y voluntarios caucanos.

Asomándose entre la humarada de la guerra y la causada por las locomotoras otro personaje obligado para todo cuanto se desencadenará en este bestiario, el ingeniero Francisco Javier Cisneros, desplazándose entre aristócratas, bucaneros, conspiradores, esclavistas, esclavos, frailes, latifundistas, mercenarios, ñáñigos, negreros, paleros, putas, revolucionarios, tamboreros y demás especímenes, navegando entre los desembarcaderos de las ciudades caribeñas, de los malecones de las urbes europeas y los muelles escalonados del Gran Río en pos de la lejana "ciudad escondida", ignorándose porque designios era capital de esta república en una esquina de (la) Tierra Firme pese a su ubicación montuna, entre la neblina y tan cerca de las estrellas, contrariando a la historia de las civilizaciones, a la lógica del terrícola y al mismo sentido común en una nación con extensos litorales, uno en el Caribe y el otro en el Pacífico.

El ingeniero Cisneros era santiaguero, miembro de una estirpe alzándose sus ancestros a Cisneros de Campo en la Hispania medieval, al nacimiento de la Vieja Europa, a cuando no existían los apellidos, ramificándose en la península invadida y estableciéndose después en el Nuevo Mundo: en la Capitanía General de Caracas, en la Nueva Inglaterra, en la isla de Trinidad y en el oriente cubano, antecedida por el confesor de Isabel, regente de Castilla y gran inquisidor, el cardenal Francisco Ximénez de Cisneros, descendiendo de esta progenie Perucho Figueredo y por ende el joven Arciniegas, graduándose Francisco Javier de ingeniero civil en La Habana, posgraduándose en París y Nueva York, para regresar a su isla a emplearse en la compañía británica que operaba el ferrocarril y ser nombrado ingeniero-jefe, ejerciendo el periodismo al mismo tiempo y simpatizando en la clandestinidad con los secesionistas.

Era el momento cuando la colonia chapetona progresaba a la sombra de la Revolución Industrial y la instalación de esas bestias mecánicas descomunales, humeantes y ruidosas inventadas por los guiris, sabedora la aristocracia habanera que, en Inglaterra, los acaudalados se hacían más poderosos con el automatismo de esos monstruos de manivelas, recipientes, ruedas y tubos, igual a cómo ocurrirá con ellos desde el instante mismo cuando reemplazaron los molinos de madera por los trapiches de hierro, creciendo la producción como nunca e iniciando la gran era del azúcar, consolidada con la apuesta por el tren, pero dejando sin amo, ocupación y techo a millares de esclavos y libertos, desplazándose una cuantía de estos a inmediaciones de La Habana, de Matanzas, de Santiago y de otras villas, mientras otra engrosaba las bandas de asaltantes en campos y veredas y otra robustecía las milicias mambises.

*Pasajeros a bordo, se va el tren,*
*con destino a Songo La Maya,*
*tenemos combustible para ida y vuelta…*

*Rubén Fuentes y Silvestre Vargas*

Entretanto la ferroviaria británica extendía más líneas y transportaba más cubanos, aún españoles, clasificados en los vagones acorde al tono de piel y su riqueza aparente, acarreando además cargamentos de azúcar y tabaco, pese a que la gramínea y la solanácea "las separa una rivalidad desde la cuna", explicaba el Sabio Ortiz, frecuentando el joven ingeniero Cisneros los estaderos de moda en La Habana edificada sobre el Campo de Marte, existentes en buena gracia al hielo importado por un gringo genial, objeto de burlas en Boston, movilizándolo en barcos y carretas desde Massachusetts tras fabricarlo en estanques de agua congelada, en invierno a instancias de las bajas temperaturas y en las otras estaciones por las reacciones químicas a las que recurría el visionario para evitar la concentración del calor y en consecuencia su negocio se fuera a la verga, trajinando los bloques cortados en encestes de aserrín y heno para mantenerlos congelados durante el largo viaje por el Atlántico hasta su desembarco y depósito en La Habana, -aún Perkins no comercializaba el refrigerador, aunque lo había patentado, y Faraday experimentaba con la corriente eléctrica jugando con los imanes-, distribuyendo luego el gringo loco los pedidos en los estaderos donde los bachilleres se citaban para refrescarse con las bebidas enfriadas, los escarchados y los helados, mientras adentro, en el salón, entre el sonar de las típicas, sobresalía alguna mulata de aspecto blanco derrochando sabrosura, hirviéndole la sangre en sus venas, como Cecilia Valdés.

*Cecilia Valdés la llaman,*
*la enamora un bachiller,*
*sus amigas la reclaman…*

Agustín Rodríguez y José Sánchez-Arcilla

# CECILIA VALDÉS



Era La Habana (nueva) cimentada por el despotismo ilustrado de los Borbones, prodigó en cimentar esa progresión de alamedas, edificios, fuentes, glorietas, jardines, palacetes, parques, plazas, mansiones, monumentos, salones y teatros erigidos sobre esa posesión militar que fuera el Campo de Marte, reflejo del neoclasicismo francés en el trópico quimérico, renunciando a ese barroco andaluz labrado en las fachadas de las envejecidas casonas del intramuro empedrado, cada vez más congestionado, malsano y sucio y desalojado gradualmente por la opulenta aristocracia esclavista, desembarcando los negreros al menos trescientos cincuenta mil seres humanos secuestrados en la (denominada) Costa de los Esclavos, coincidiendo afuera de la muralla -que salvaguardaba a la Vieja Habana de los asaltos de los piratas ingleses- con la naciente burguesía liberal motivada en separarse de Madrid y haciendo del Louvre y el Vista Alegre de sus estaderos preferidos.

Una Habana moderna, aseada, iluminada y pavimentada, convocando a quien quisiera caminarla en cualquier momento del día o la noche por el mero placer de pasearla, beneficiada por el ímpetu tropical de las Antillas, por la brisa marinera del norte y el hielo refrescante en los vasos, siendo una ciudad oceánica favorecida, desde la conquista, por ese cruce fantástico de itinerarios, confluyendo lo traído de la península con lo descendido de (la) Tierra Firme, incluidos pasajeros en tránsito hacia la (Madre Patria) o hacia acá, entre ellos numerosos rolos de la élite cachaca, y sostenida luego la urbe por la intromisión de Washington en sus asuntos internos, forjándole ese suspiro cosmopolita que ostentosa muestra, tal vez desde la retirada de las tropas ingleses, dejando sembrada las logias masónicas en la ocultación.

Un arrebatador  distrito en torno a la Plaza Isabel II, atravesado por el bulevar en honor a su majestad, ámbito maravilloso dominado por el Gran Teatro Tacón aledaño al Inglaterra y al Louvre y a más edificaciones de aspecto fastuoso, como el fortuito Capitolio Nacional y el venidero Centro Asturiano, recorrido desde la tarde por los herederos consentidos de esa metrópoli que ya no era una, sino dos, incluso tres: la antigua peninsular, la flamante parisina y la marginal de los libertos, interconectadas con el resto de la isla por el tren que administrará Cisneros, pavoneándose los criollos bajo su canotier de paja trenzada y sus trajes de linos claros a la vista de las damitas de falda larga, sentadas en las volantas, las ensalzadas por Salas y Quiroga.

-Imposible inventar carruaje más elegante y lindo en un país donde abunda la hermosura, -declararía el romántico viajero cerca del lugar donde Fernando Vila Daníes, extasiado ante tanta majestuosidad, le pregunta a su cochero cómo La Habana había logrado tal magnificencia, semejante a la belleza de Cecilia Valdés, ignorante de ser hija del hacendado esclavista, Cándido de Gamboa, como ignorante lo era Leonardo, su medio hermano, enamorándose hasta hacerse amantes, mientras era cortejada por jinetes ataviados con prendas ecuestres importadas de Londres, reluciéndoles en los cuellos de pajarita esos corbatines que los diferenciaban de sus paisanos con menor suerte, invitándola a refrescarse con las bebidas y helados servidos en el Escauriza, donde -además de contactarse varones para la libertad- otras mulatas con aspecto de blancas bailaban al compás del sensual danzón tocado por danzoneras, totalizadas varias por ñáñigos y promotoras de una vehemente polémica entre los defensores de las danzas europeas menos evidentes en su sexualidad y los seculares apegados al ritmo que se dirá inventado por Miguel Failde.



*Javier Vásquez*

Alegando los afectados que "esa música inventada por Failde significaba la decadencia de la sociedad cubana por ser demasiado cubana", pues provocaba en las mujeres una cierta exageración en el movimiento de la cadera al iniciar la fase del montuno, ese intervalo dentro de la estructura del nuevo ritmo donde las típicas invocaban al son cocinado por tríos, cuartetos, quintetos y sextetos en las encerronas rumberas, topándose la trova oriental con la rumba abakuá y alistado ya el ejército permanente por los yanquis. Era el danzón derivado de la country-dance llevada por los haitianos y en el adeene de La Polanco de ojos verdes, faldón suelto y unto de serpiente en la piel canela.

# LA BATALLA DEL PONCHE

*-Es el diamante más grande del mundo.*
*-No, corrigió el gitano, es hielo.*

*García Márquez*

Uno de esos bailaderos novedosos -gracias a la modernidad y el hielo importado- era ciertamente el Escauriza, abierto en la esquina de Prado y San Rafael meses antes a los acontecimientos de la Conspiración de La Escalera que arrastraron al cadalso, a la cárcel y al destierro a centenares de mulatos y negros, entre ellos al padre de Claudio José Brindis de Salas, el teniente Claudio Brindis de Salas del Batallón del Batallón de Moreno Leales y director de la "Concha de Oro", presumiendo que fuera la orquesta que amenizaba la mascarada la noche aquella del martes de carnaval, cuando -prohibidos los dances después de las once por las autoridades chapetonas, privilegiando a la programación del Gran Teatro Tacón- compareció en el café un regimiento para clausurar el festejo, ocasionando que uno de los enfiestados arrojaría su ponche sobre el uniforme del comandante, iniciándose la gresca entre bailadores y uniformados, volando copas, mesas y sillas, para extenderse luego a las afueras, donde los cocheros, tirados sus coches por bestias, sumándose hasta curiosos a una reyerta que dejaría heridos, detenidos, deportados y la clausura del sitio.

Pero no pasaría muchos años, y más pronto que temprano, otro café sería adecuado en el mismo local contiguo al Inglaterra, pero con nombre diferente, Le Louvre, convirtiéndose de nuevo en el estadero donde se congregarían los bachilleres a bailar, degustando bebidas heladas y opinando sobre el estado de cosas, fluyendo al fondo las danzas repiqueteadas ahora por "La Flor de Cuba" orientada por Juan de Dios Alfonso y formada por ñáñigos de Guanabacoa, participes también en la velada del Teatro Villanueva en apoyo a los independentistas y finiquitada por los voluntarios chapetones con saldo en muertos y lesionados, volviendo la anciana del paraguas verde aceituno a sobrevolar La Habana de los extramuros.

Aconteciendo que el día del Grito de La Demajagua, el ingeniero Cisneros, dirigiendo el diario El País, navegaría a Nueva York a integrarse a la Junta Revolucionaria de Cuba y Puerto Rico ante la represión desatada por las autoridades coloniales, encargándosele la consecución de barcos, la planeación de expediciones, el reclutamiento de espontáneos y el suministro de armamento y provisiones, asumiendo de inmediato la complicada misión, trasladándose a Cartagena de Indias, a Colón, a Kingston, a La Guaira, a La Habana de clandestino, a Londres, a Nueva Orleans, a Port-au-Prince, a San Juan, a su Santiago natal, a Santo Domingo, a Tampa, a Veracruz y a más ancladeros.

Citándose en Ciudad de Panamá con el capitán José Rogelio Castillo, licenciado del ejército colombiano, invitándolo a la causa emancipadora, sin imaginarse el uno ni el otro de los derroteros que conllevarán y los roles que desempeñaran al entretejerse los destinos, sin ser la música en cada persona su actividad esencial, destacándose el caucano en las guerras independentistas, pero también en la enseña del bambuco que tanto gustará a Miguel, reuniendo en Santiago a la "Banda La Libertad" con el fin de recaudar fondos para la sostenibilidad de las tropas insurrectas, rompiendo el ingeniero Cisneros entretanto con los rebeldes cubanos y puertorriqueños, según Mayor, mientras abogaba por la prosperidad de los pueblos mediante la apertura y adecuación de vías de comunicación-iniciándose la guerra que los historiadores llamaran de Los Diez Años, sin dejar de desplazarse a Popayán a convencer patojos para sumarlos a los sesenta compatriotas que desembarcarán del Hornet, incluido Castillo, contabilizándose en más de doscientos los paisanos en los campos de batalla, quedándose algunos al finiquitarse las hostilidades y ser expulsados definitivamente los chapetones, pero regresando los suficientes para rememorar por estas tierras sobre su batallar allende, trayendo consigo alguna que otra tonada de Oriente y algún par de maracas entre el equipaje, repasándolas en esa región de otroras haciendas negreras como El Paraíso, edén de la relación amorosa de Efraín, heredero de la plantación, y de María, su hermana adoptiva…

***

Al día siguiente a las cuatro de la tarde llegué al alto de las Cruces. Apéeme para pisar aquel suelo desde donde dije adiós para mí mal a la tierra nativa. Volví a ver ese valle del Cauca, país tan bello cuanto desventurado ya. Tantas veces había soñado divisarlo desde aquella montaña que, después de tenerlo delante con toda su esplendidez, miraba a mí alrededor para convencerme de que en tal momento no era juguete de un sueño.

Jorge Issacs

***

… a la escucha de los cununos y las marimbas de chonta tocados por los negros en las noches del feudo y la mirada de Bruno y

69

Remigia bailando el bambuco, en proximidades de Santiago de Cali, la villa que será "la capital de la memoria discográfica salsera", según Domínguez, Quintero y Ulloa, resultado de las grabaciones y los reproductores derivados del gramófono, primicia como el tren también de la Revolución Industrial.

# EL INGENIERO CISNEROS



> *Ahora solo faltaba lo más difícil,*
> *que el barco a vapor navegara sobre la montaña,*
> *con Caruso en la proa cantando a través de un gramófono*
> *y árboles erguidos como brócolis,*
> *mientras un Caterpillar halaba los cables*
> *que hacían funcionar las poleas*
> *arrastrando el barco por la trocha,*
> *y debajo de este, en la tierra,*
> *enormes troncos encargándose*
> *que el barco no cediera.*

> *Pedro Casusol*

Comenzando un día, cuatro años después del alzamiento de La Demajagua, a avistar los habitantes de Remolino Grande a un grupo de extraños apeándose de un vapor atracado en el Gran Rio, guiados por el mismo hombre blanco visto meses atrás acompañado por señoritos de Medellín comandados por el general Berrio, distinguiéndolo todos -incluido el gobernador- con una extraña palabra para ese confín, "ingeniero", pronunciada con la misma reverencia empleada por los pobladores para dirigirse al abogado, al cura, al gamonal o al médico. Era el ingeniero Cisneros mostrándole a los suyos el territorio, indicándoles lugares e impartiendo instrucciones en dirección al camino de herradura a la capital del Estado Soberano de Antioquia, transformándose pronto esa operación en alistamiento de vecinos para trabajar, a órdenes de técnicos cubanos, en la apertura de la trocha por donde se tendera el enrielado del tren hacia Pavas, inicio del Ferrocarril de Antioquia.

Repitiéndose esa escena, meses y años después, en distintos parajes de la geografía nacional y a lo largo de los kilómetros cimentados: los veintisiete de Buenaventura a Santiago de Cali, los treinta y tres de Girardot a Facatativá, los veinte de La Dorada a Honda y los laborados entre Cartagena de Indias y Calamar a lo prolongado del Canal del Dique, y luego en Sabanilla, tanto en el desembarcadero en el Caribe como en el poblado que bautizaran Puerto Colombia, y en la misma Barranquilla dispuesta a inaugurar su tranvía, así como en muchos otros lugares de las cuencas del Gran Río, del Nechí y del Bajo Cauca, oyéndose los domingos, durante los descansos y durante las noches, en los tenderetes de los cubanos, pregones acompañados por el rasgueo de guitarras, el redoble de maracas y algún rústico tambor precedente de la conga o del mismo bongó.

Eran los compatriotas del ingeniero Cisneros cantando con esa mezcla de alegría y tristeza, de añoranza y esperanza, que los humanos denominamos melancolía, rindiendo los recuerdos y revitalizándose ante los desafíos del amanecer, en este caso, la montaraz topografía que -en medio de un clima caluroso y húmedo- los retaba, atacados sin misericordia alguna en su delicada epidermis por millares de bichos invisibles pobladores de un paisaje que escasamente había cambiado al resistido por los conquistadores, solo que los foráneos en absoluto se tropezaban con los indios cara de perro descritos por los cronistas de Indias, sino que eran víctimas de otros despropósitos provocados por la tempestuosa naturaleza, malográndose en el Gran Río, por ejemplo, cargamentos con alimentos, correspondencia, herramientas, medicinas, rieles y suministros transportados por los remolcadores del ingeniero.

A la larga, contratiempos menores de cara a los impedimentos impuestos por los lechuguinos en Santa Fe, debatiéndose entre el centralismo y el federalismo, el conservatismo y el liberalismo, lo costumbrista y la modernidad, el catolicismo y el laicismo, el librecambismo y el proteccionismo, lo anglo versus la hispanidad, causándole perdidas a Cisneros y a sus socios en Londres al incumplir con el desembolso a tiempo del gasto acordado para adelantar esa red de caminos, canales, carreteras, muelles, puentes, telégrafos, tranvías y túneles vinculados a la puesta en marcha del tren animados con introducir a los Estados Unidos de Colombia en el concierto de la naciones e intentando destetarse del medievalismo sembrado por los chapetones.

Acrecentándose en cambio los críticos del ingeniero, calificándolo de charlatán al advertirse las obras inconclusas, sin confrontarse en el terreno las condiciones bestiales y crueles donde se ejecutaban, alegando los godos que esos dineros girados al cubano malgastaban el tesoro público, molestos en realidad con la creencia masona y la militancia librepensadora de Cisneros o desinformados quizás de la prosperidad lograda por otras naciones debido a "las bestias que arrojaban humo" y sin jamás transitar muchos de ellos más allá de Anapoima, la villa donde la anciana mujer de la sombrilla verde aceituno se llevará a otro plano a don José María Samper, autor del manuscrito, "De Honda a Cartagena", capitulo inicial del viaje del patricio a Europa a bordo del vapor Bogotá, predominando en el relato la fascinación por el modelo de vida del europeo: "activo, inteligente, blanco y elegante, muchas veces rubio y con su mirada penetrante y poética, su lenguaje vibrante y rápido, su elevación de espíritu, sus formas siempre distinguidas", comparándolo con el primitivo que contemplaba en el paisaje, pobladas las orillas por indígenas y navegada la corriente por bogas: "primitivos, toscos, brutales, indolentes, semi-salvajes e hijos más bien de la ignorancia que de la corrupción", proponiendo la educación de "estos seres retostados por el sol tropical para volverlos útiles para la nación", así como la industrialización del país para someter la indomable riqueza natural y "así sacarlos de las precarias condiciones de vida", principiándose a pensar en la apertura de fronteras para ciudadanos europeos con el fin de mejorar la raza y limpiar la sangre, como sucederá.

Comprendiéndose porque, el ingeniero Cisneros, el humano quien mejor conocía nuestra geografía y nuestras gentes, desde los elegantes y racistas cachacos en la capital hasta los calentanos en selvas y valles, se inmiscuirá en nuestra epopeya jugándosela toda, entrometiendo sus barcos en algunas de las treinta y dos guerras civiles promovidas por el coronel Aureliano Buendía, colocando uno de los suyos, don Rafael María Merchán, en las entrañas del Palacio de San Carlos, poniéndolo además, al frente de El Industrial, alentado en influir en las pláticas de los congregados en el altozano, así como en las intrigas de los intelectuales de la Gruta Simbólica, de los socios del Gun y del Jockey, de los antepasados de Pachito E'ché, del generalato favorecido por los conflictos, de los delegatarios de las demás familias al frente de los estados soberanos, así como en el todopoderoso obispado defensor del statu-quo ajeno a las vanguardias.

Tan importante sería don Rafael María, oriundo de Manzanillo, que editará la poesía acometida por Núñez, conjeturándose que debió hasta asesorar al presidente en la adaptación de la letra que será el himno nacional musicalizado por el italiano Sindici, originalmente una oda para celebrar la independencia de Cartagena y tanto era que su nombre se leía como prologuista del libro de obligatoria consulta en esa extraordinaria coyuntura, "Reforma Política en Colombia", que explicaba precisamente la Constitución de Núñez y Caro, fundadora de la República de Colombia, mucho antes que principiara a murmurarse que, sí no era el cubano la persona tras bambalinas, era la esposa de Núñez, doña Soledad Román, ante la frágil salud del mandatario, el hombre más poderoso de este país, tan afecto a los Vila y gobernante quien controlaba la capital a través de su paisano y primo, Higinio Cualla, burgomaestre durante las dos últimas décadas del Diecinueve.

Balbuceándose además que Núñez estaba asociado con el ingeniero Cisneros, pese a la girada del cartagenero, desertor del ideario liberal para adoptar la doctrina regeneracionista, acercándose en efecto al Palacio de la Zarzuela durante las celebraciones del Cuarto Centenario del Descubrimiento, congraciándose con la regente María Cristina de Borbón, encargada de delimitar la frontera colombo-venezolana, rumiándose que para beneficiarnos en algunos kilómetros más, los colombianos deberíamos enmendar el apoyo declarado a los separatistas cubanos, (dominicanos) y puertorriqueños. Comprendiéndose acaso, y de paso, el porqué de esa volteada de Núñez devolviéndole el poder a la jerarquía apostólica y romana, restituyéndole al catolicismo su lugar como religión oficial y como ideología única en la educación, prohibiéndose a Darwin y a todo ilustre aquel medianero con la masonería, reintegrándole los bienes expropiados por el General Mascachochas, paladín del anticlericalismo y Satanás en persona para el Vaticano tras truncar el concordato. Sin embargo, don Rafael María continuaba apareciendo como delegado del Partido Revolucionario Cubano-Puertorriqueño al inaugurarse los clubes: Maceo, Martí y Rius Rivera, aleccionando sobre el proceso secesionista, congregando simpatizantes y recaudando fondos, interesados todavía algunos (aquí, allá y acullá) en retomar la iniciativa aquella de instaurar la utópica República de Cubanacan, tan pretendida por los Soles y Rayos de Bolívar, motivados en juntar en una gran nación a la otrora Gran Colombia y las islas mayores de las Antillas, proponiendo incluso a Santa Fe como la capital.

*Por el Mar de las Antillas*
*Anda un barco de papel...*

*Nicolás Guillén*

# LA PEQUEÑA HABANA



*Y yo mismo,*
*Que quisiera tener separadas en la memoria las dos ciudades,*
*No puedo sino hablarte de una,*
*Porque el recuerdo de la otra,*
*Por falta de palabras para fijarlo,*
*Se ha perdido.*

*Ítalo Calvino*

En consecuencia, bastantes cubanos radicándose en la "Atenas Suramericana", y en aquella Colombia, eran allegados de una u otra manera al ingeniero Cisneros, entre ellos los antepasados del joven Arciniegas y de alguien en Medellín esencial en la gestación de la salsa criolla, Julio Ernesto Estrada Rincón, el célebre Fruko, bisnieto de don Luis Emilio Rincón, santiaguero como el ingeniero y técnico en la apertura del túnel de La Quiebra una vez apeado de la mula que lo cargó desde Remolino Grande horas luego de desembarcar de uno de los cargueros de la fluvial que meses después será la Compañía Colombiana de Transportes, emprendida el mismo año cuando Núñez y Caro instituyen la República de Colombia, trocándose en una de las catorce navieras que transbordaran pasajeros entre los fondeaderos costeños y los muelles interioranos y viceversa.

Atrayendo el apogeo fluvial y las obras en cimentación a centenares de alemanes, escoceses, franceses, gringos, ingleses, irlandeses, italianos y judíos -ashquenazitas de la Europa oriental y sefardíes de las naciones árabes- y a muchos caribeños y cubanos más buscando futuro en estas tierras, -entre ellos el abuelo paterno de Rubén Blades, procedente de San Luis, isla volcánica a cuarenta kilómetros de Martinica- iniciando por aquellos quienes engrosaban las tripulaciones de los barcos, estableciéndose en Barranquilla un buen número, pero bastantes asimismo en las sabanas cultivadas aún por malibúes y zenúes, asiento de libaneses y sirios, llamándoseles turcos. Ocurriendo que uno de los socios de Cisneros en la naviera será el sefardita holandés-curazaleño, David Zacarías López-Penha, propietario de librerías, precursor del cinematógrafo en la ciudad y propietario del Café La Estrella, identificado por la estrella de David situada en la puerta, contará Bibliowicz, criado luego en el Barrio Santa Fe de la "urbe escondida".

Forjando aquí los Angueyra, los Fernández, los Peralta, los Martínez-Casado, los Merchán, los Tanco y varios clanes más a "La Pequeña Habana", entre ellos los Duperly, descendientes de ingleses, y franceses guiados por don Henry y liderados después por don Ernesto, esposo de una nieta de Perucho Figueredo y tía de Arciniegas, importador de cuanto artefacto se inventaba "al otro lado del charco", cómo esa suerte de artilugios fotográficos que don Henry exponía en su gabinete o como el Cadillac encargado por Reyes a don Ernesto, transportándolo en un transatlántico desde Nueva York a Puerto Colombia, remontándolo luego en un vapor que navegara a contracorriente el Gran Río, primero hasta Honda, y posteriormente en otro navío a Girardot, trepándolo en último lugar en un vagón de tren hasta la mansión del presidente en Madrid, a treinta kilómetros del Palacio de San Carlos, topándose todavía los viajeros con silleteros soportando señores y señoras sobre su espalda.

Don Ernesto era jamaiquino y cogollo del primer Duperly en arribar a la "Atenas Suramericana", exactamente don Henry, histórico además por retratar a Harry Warner caminando la cuerda floja sobre el abismo formado por los cerros de Guadalupe y

Monserrate y días después sobre el acantilado del Salto del Tequendama, antes que Míster Martin volará ese gigantesco pájaro de acero cuyas partes trasteará en cajas de madera desde Puerto Colombia, ensamblándolo ante el asombro y la incredulidad de rolos atentos a cómo los forasteros ajustaban sus partes como si fuera un acertijo, una adivinanza, un rompecabezas, escuchándoseles hablar en la misma lengua del equilibrista canadiense y de los gringos asociados al Americano, gozando los Duperly de acceso en su calidad de angloparlantes y de representantes de compañías yanquis, lanzando los fonógrafos de la Víctor en pomposas ceremonias en el Colón, invitando a los más pudientes a la muestra que incluía audiciones de discos de la marca registrada por Emile Berliner para su uso (en la Confederación), trajeados los varones de sacoleva y las matronas de vestido largo arrastrando la cola el piso, deseosos de dar oídos a Caruso entonando la "Donna é Mobile" registrada en la única cara del disco de carbón.

Una élite cachaca con ínfulas de casta inglesa consintiendo el ingreso de los cubanos blancos, albos como los cachacos de abolengo chapetón, herederos de fortunas acumuladas con el sudor de aborígenes y guineanos, educados en las mejores universidades católicas y extranjeras, manejando el estado a sus caprichos y atesorando las tierras despojadas a los muiscas, edificando de norte a sur las mansiones más hermosas a lo largo de la Avenida de la República, así como de oriente a occidente, a lo extenso de la Avenida Colón, abajo de la Plaza de San Victorino. Enriquecidos otros a instancias de la artesanía, el comercio y la pequeña industria, especialmente los inmigrantes europeos, privilegiados además por los cargos en el estado, como los Tanco, descendencia de cubanos radicados en Colombia y de colombianos residenciados en Cuba y rentistas de una casona en la Calle Florián, famosa por sus bailes de gala, según Cordovez, y también por los contratos con los distintos gobiernos, como don Basilio Angueyra, traído por el ingeniero Cisneros para laborar en sus proyectos en medio territorio nacional, coordinando algunas de las faenas técnicas ante la carencia de ingenieros en esta nación, sumándose a sus paisanos concertados en la Confederación o en la isla misma, formando hogares aquí y expandiendo su cultura en una "ciudad escondida" en pos de ser la "París de los Andes", paseándose aparentados junto a los elegantes capitalinos dotados siempre de paraguas, como el juez Oviedo nacido en Santa Marta, para escampar de las tornadizas lloviznas y para espantar a los pordioseros, parlamentando todas las tardes, sobre la vespertina, sobre el mandatario de turno, sobre el alza de las dietas de los senadores o sobre la perdida de las costumbres y la moral, deteniéndose, como siempre, ante la fuente de La Rebeca en el Parque del Centenario, acusada la aguadora de pornográfica por la Liga de la Decencia.

Era la primera escultura en la capital —atiborrada de bustos de gobernantes y estatuas ecuestres de próceres- exhibiendo el cuerpo desnudo de la mujer.

# EL SELLO DE PACHECO





Ascendiendo el Gran Río, en dirección contraria al Mississippi, arribaban los extranjeros a la "Atenas Suramericana" junto a las compañías italianas de ópera y los elencos españoles de teatro y zarzuela a presentarse en (el Coliseo), el Colón, (el Estrella), (el Maldonado) y el Municipal, trayendo actrices y coristas que romperán el corazón de señores y filipichines, de hacendados y militares, de poetas y políticos, algunas pasándose por francesas, sabedoras de la fama mimosa de las parisinas por estos domicilios y tras remontar también la agreste Cordillera Oriental, antes del tren a lomo de mula, marchando desde los pisos térmicos más calurosos hasta los refrigerados grados de las cumbres alrededor de una meseta atravesada por la tranquila corriente sagrada de los muiscas, nacida en el Páramo de Guacheneque, mutándose en tributario del Gran Río, para desembocar cerca a Girardot, dejada atrás la verde sabana surcada por canoas piloteadas por indios transportando cereales, frutas, hortalizas, legumbres y la sal extractada de las entrañas montunas de Nemocón y Zipaquirá para curar el pescado y sazonar la papa que quitará el hambre a los europeos.

Un paisaje descrito por el joven Arciniegas, hijo de don Rafael Arciniegas y doña Aurora Angueyra, descendiente ella de don Basilio y doña Luz, costurera en la confección de la bandera que su hermana Candelaria arreó en la calles de Bayamo incitando a sus compueblanos a engrosar las milicias independentistas comandadas por Maceo, vástago de Mariana Grajales y cófrade de la logia jamaiquina de Los Mechanics, y por Máximo Gómez, dominicano como varios comandantes y como centenares de insurgentes, originarios de estancias cercanas a Santiago de los Caballeros, nido de don Rafael Azarías y doña Octavia, los progenitores de Johnny.

Aldea adonde arribará Sindo desempeñándose como mensajero mambí y laborando de talabartero para ganarse unos pesos de más, fungiendo además de acróbata en un circo parecido al Razzore que erraba las Antillas desde su partida en Río de Janeiro y cuyo trapecista, Emilio, tocaba la bandola descolgado del trapecio como un murciélago, enamorándose el trovador allí, en la patria chica de Johnny, de la mujer que parirá a sus hijos, bautizándolos: Anacaona, Caonabo, Guarina, Guarionex y Hatuey, nombres de los caciques tainos y siboneyes reinantes al desembarque de los chapetones, importando la corona luego a guineanos, explotados los indígenas y violentadas las indígenas, resultando tan vehemente el choque, por ejemplo, en las riberas del Gran Rio, que surgirá entre el dolor y la tragedia, en las noches de tambores, iluminados los danzantes por sebos encendido y los rayos de la luna, una voluptuosa danza de origen zambo, repiqueteada por machos de cabellos ensortijados, como Juan Chuchita, como Toño García, y floreada por mulatas de posaderas vigorosas como Cecilia Rivadeneira.

*Era nombre de romance,*
*con ella corrí una juerga*
*en noche de carnavales,*
*la cumbia latía en sus piernas*
*y en su cadera temprana...*

*Jorge Artel*

Diferentísima la Rivadeneira en su corporalidad a las mujeres descendientes de los europeos: blancas y delgadas, descaderadas y desnalgadas, descubiertas por Artel y Candelario en la "ciudad escondida", caminando una capital recorrida con disimulo por conspiradores y espías al vaivén de la geopolítica en el Caribe, cuenca de disputas entre el viejo y el nuevo orden, entre chapetones, gringos e ingleses y demás entrometidos e interesados, desembuchando personajes fantásticos en el ingreso del son y su consolidación, sin ser caribeños, como los Casabianca, descendiendo de este linaje una mujer que sus amistades apodaran Salcilia dado su entusiasmo por la música cubana y por la salsa y de quien supe gracias a Gabriel Aguancha, estudioso a quien la anciana de la sombrilla verde aceituno se llevó sin rendírsele el reconocimiento debido en esta dimensión, siendo la primera persona que oí departir sobre Irakere en la radio.

Salcilia era hija de un cachaco privilegiado formado en Cambridge y Washington (imaginándolo -su padre- mandatario de la república) y de una dama descendiente del inspector fluvial del Gran Rio, es decir, el funcionario sin cuyo consentimiento un barco en absoluto abordaba este cauce antes de Núñez ascenderlo a general de división y a jefe militar y civil del Estado Soberano del Tolima, y después de Marroquín designarlo comandante del ejército en el istmo, quizá por los meses cuando los panameños se separan, mamado de perseguir a Uribe Uribe sin éxito alguno, el rival de los regeneracionistas y fustigador del concordato firmado por Núñez con la Santa Sede, pretendiendo el general liberal relevarlo por una educación laica como la recibida por Arciniegas en el Instituto Politécnico de la Universidad Republicana, promovida a escasas cuadras del capitolio en construcción y estigmatizada de atea, diabólica y masona por los godos en el poder.

Aconteciendo que Salcilia será gestora -en el mismo año cuando Gaviria "se encuentra la presidencia en un tamal"- de un seminario en la Universidad San Alberto Magno sobre "La música y la formación cultural de la América Mestiza", con ponencias de Arciniegas ya mayorcito, de los veteranos violinistas de la "Aragón" y la misma Salcilia, madre a su vez de Rosario -crítica, filósofa, traductora y salsómana- capturada meses después por hombres de negro pertenecientes al Departamento de Estado, hallándola sirviendo a la KGB cuando prestaba oficios también a la CIA, encontrándome allí, entre los iniciados, casi quince años luego de la premier capitalina de la "Aragón" y un lustro antes de mí tertulia en el Tequendama con Johnny, pupilo en Nueva York de Richard Egües.

-Johnny, tu vocación por la flauta viene de esa época cuando tu padre, en Santiago de los Caballeros, escuchaba música cubana en el radio de tu casa, -continúa Padura conversando con Johnny.

-Te cuento que el flautista quien me inspiró a tocar la flauta fue Arcaño, pero recuerdo a Pepín Ferrer, fundador de la primera charanguita en mi país, pero lo escucharía poco, porque en 1946 mi familia viajaría a los Estados Unidos. Años después, Gilberto Valdés me regalaría mi primera flauta de madera, un modelo súper antiguo, de esas flautas de cinco llaves. Bueno, ahí empecé a tocarla después de sustituir a Tito Puente en el timbal. Hasta el día de 1956, cuando llega José Fajardo con su charanga, teniendo yo, para esa época, ya una flauta un poco mejor, comprada en una casa de empeños. Fajardo me enseñaría las posiciones de la flauta, pues en Nueva York no había método para su estudio. El otro flautista quien me ayudará

mucho sería Richard Egües, cuando la "Aragón" viajó por primera
vez a Nueva York.

-¿No te puedes quejar?

-No me puedo quejar, porque creo haber tenido a los mejores
maestros posibles en la flauta. Aprendí el vibrato de Arcaño, la
picardía de Fajardo y el estilo de Richard Egües.

-¡Tu sello!

-¡De ahí salió el sello de Pacheco!

# DIOS LO QUIERE

*Encomendadlo a Dios, Sancho,*
*-dijo don Quijote-*
*que todo se hará bien,*
*y quizá mejor de lo que vos pensáis,*
*que no se mueve la hoja en el árbol*
*sin la voluntad de Dios.*

*Miguel de Cervantes Saavedra*

Un Johnny Pacheco nacido el 26 de marzo de 1935 y cuyos anales en el Nuevo Mundo se remontan al arribo a la Capitanía General de Santo Domingo de su bisabuelo paterno, don José Manuel (Carlos) López López integrado a las fuerzas en ultramar de la corona española, intentando los chapetones reconquistar la región oriental de su colonia, anexándola temporalmente tras los santo-dominicanos expulsar a las fuerzas haitiano-francesas luego de ocho años de ocupación, afincándose el soldado López López -desterrados ahora si los chapetones para siempre- en Santiago de los Caballeros, sin olvidar a su Cádiz andaluza y gitana, transfigurándose en persona acaudalada, consecuencia de sus negocios, y respetada como todo poderoso después de centenares de bailoteadas y embriagueces y de cortejar a cuanta hembra le seducía, optando por las mulatas a semejanza de Cecilia Valdés -la cubana en el manuscrito de Villaverde-, de Francis Rosario -la dominicana cuyo danceo al frente de la orquesta de sus hermanos revolucionará la escena merenguera en el siglo siguiente- o de La Polanco traída a la "ciudad escondida" por el ave que abre los caminos-, provocando la envidia en las señoras de bien, viéndolas caminar al ir y venir de su cadenciosa corporalidad, su estrecha cintura y su curvilíneo trasero.

Casándose sin embargo un día con una joven blanca, procreando con ella a José Manuel López Rodríguez, importador de los primeros automóviles en el municipio de hermosos edificios afrancesados y una prodigiosa presencia de europeos de gracejo y zeta, avistándose en sus calles demasiados mulatos, frutos de los devaneos de blancos y negras a la sombra de las calurosas jornadas, citados por los ardores del trópico utópico a fundirse, pero interesadas ellas en usufructuar algo más que la cópula tan deseada por los acaudalados varones de palmas rosadas, dejando esos apareamientos a mulatos airosos como Rafael Azarías Pacheco, provecho de los amoríos anónimos de José Manuel y Felicia Pacheco, portadora de un apellido esclavista asignado contra la voluntad de sus ancestros, capturados por traidores para comercializarlos con los negreros de Barcelona y Lisboa anclados en los tenebrosos galeones a discreta distancia del territorio que llamaban Guinea en la siniestra Costa de los Esclavos, listos a traerlos a estos umbrales incógnitos para los negros.

*Yo soy también el nieto, biznieto, tataranieto de un esclavo...*

*Nicolás Guillén*

Haciendo los guineanos acarreados del Caribe, la Nueva África, mientras los europeos de la Ciudad de Santo Domingo a uno de los mercados de carne humana más fructíferos, reemplazando a los amerindios en latifundios y plantaciones, puertos y minas, atendiendo los monarcas los reclamos del padre De Las Casas, sin imaginarse el clérigo las consecuencias de su exhortación, así como el genovés tampoco del trastorno que causaba su irrupción en Abya

Yala, acaso como ningún otro suceso en la historia de la humanidad, tanto que empezaríamos los seres humanos a ser conscientes del girar de la Tierra alrededor del sol años después de explicarle (el supuesto descubridor a su primogénito) de la redondez del planeta, estacionados en una orilla del Mar de las Tinieblas, exponiéndole porqué un navío aumentaba su tamaño al acercarse y se reducía al alejarse, ojeándose al final del horizonte solo el carajo del mástil, sosteniendo sus manos un leño de un árbol de especie desconocida, transportada tal vez por la corriente de agua cálida originada en la cuenca (moldeada por los litorales de Cuba, Estados Unidos y México) extendiéndose hasta la costa occidental europea, incluída la española.

Había leído el "Imago Mundi", oteado el "Libro de las Maravillas" y escuchado en la Escuela -de estudios astronómicos, geográficos y náuticos- de Sagres sobre comarcas ignotas frecuentadas por aventureros árabes, africanos, chinos y vikingos, y seguramente por genoveses, inclusive templarios, especulándose en los corrillos que por este misterio estaba la cruz de tela -de La Orden de los Pobres Compañeros de Cristo del Templo de Salomón- cosida en las velas, aunque para ese año del desembarque se relataba que la hermandad del Temple estaba extinguida.

Además otros aconteceres excitaban al genovés, las innovaciones mecánicas en los barcos, a la par con otros aditamentos que le consentirían embarcarse lejos del Viejo Continente sin otro punto de referencia que los astros, como la ampolleta para estimar el tiempo de navegación, el astrolabio para calcular la hora y medir la posición de las estrellas y el mismo sol, la brújula para orientarse y determinar el itinerario en función de los puntos cardinales, la corredera para medir la velocidad en nudos, el cuadrante para computar los ángulos y el escandallo para tantear la profundidad del mar, decidiéndose en efecto, y aún más, a presentar a Isabel La Católica la empresa de navegar con rumbo a las Indias por una nueva ruta, aprovechando además el interés de la reina en evangelizar a más salvajes y en iniciar un trayecto comercial más ventajoso en relación tanto con la costosa seda que suave rozaba la piel de los patricios, como con las onerosas especies que saborizaban los platos servidos en las mesas deleitando los paladares de los más nobles.

***

-Tengo entendido, que usted promovió la palabra "salsa" para nombrar la música que hacían en Nueva York, -continuaba Padura conversando con Johnny.

-La palabra salsa surgió cuando "La Fania" empezó a viajar a Europa, dándome cuenta que, salvo en España, nadie tenía referencias de qué cosa era la música cubana, (repitiéndote) que lo que hacíamos nosotros era tomar la música cubana y ponerle acordes más progresivos, enfatizando el ritmo y destacando ciertos detalles, sin alterar su esencia. Y como la palabra "salsa", al igual que otras, como azúcar o como sabor, ha estado ligada a esta música, en absoluto me pareció dejarla de llamar así, habiendo además, en Fania, dominicanos, puertorriqueños, cubanos, anglosajones, italianos, judíos, en fin, los condimentos diversos cómo para preparar una salsa, saliendo de esa conjunción el nombre (para llamar) a lo que hacíamos, buscando una etiqueta para agrupar bajo un mismo techo a toda la música que en Europa llamaban tropical.

***

90

La incursión del genovés conduciría a la humanidad a asombrosos escenarios entre el realismo mágico y lo real maravilloso e infames como el exterminio de más de cincuenta millones de amerindios y el rapto de más de quince millones de guineanos, gestándose en medio de tanta inverisimilitud una raza cósmica, al decir de Vasconcelos, cosecha del ejercicio violento obrado por los aventureros desbocados sobre la desnudez de las nativas, descendidos de las carabelas tras semanas de reparar en hembra alguna, en particular los expresidiarios, y procedentes de un continente donde las personas se cubrían para aparearse, recurriendo a camisones que tapaban el cuerpo dejando una oquedad a la altura de los genitales en los varones y de la vagina en las mujeres, bordada en semicírculo la frase "Dios lo quiere".

# EL PERICO RIPIAO


*A lo oscuro metí la mano*
*y a lo oscuro metí lo pie,*
*a lo oscuro hice mil líos*
*y a lo oscuro los desate.*

*Ángel Viloria*

Pero, en medio de tanta incertidumbre, se concebían enamoramientos decorosos como el comportado por Alonso de Ojeda, convertido de despiadado caballero de la Virgen –acaeciendo la reconquista de Granada- en esposo de Guaricha, hija del cacique Guavara, durante el hallazgo europeo de las costas que serán el extenso litoral antillano del Virreinato de la Nueva Granada y la Capitanía General de Caracas, ligándose la opuesta pareja por el rito católico, engendrando tres mestizos y pereciendo ella de pena moral tres días luego de la anciana mujer de la sombrilla verde aceituno llevarse el ánima de su amado. El amor había transformando el despiadado fanatismo del verdugo de Caonabo, el compañero de Anacaona y antepasado del Gran Tite, capturándolo y entregándoselo al genovés años antes del padre De Las Casas describirles a los monarcas de la crueldad de los invasores. Sin embargo, la grandeza de los secuestrados sería tan generosa que, adoloridos y sometidos, donarán sus quehaceres y saberes madurados de cara al tambor.

*Perdóname bongó,*
*que te tenga que pegar,*

Cruz de Jesús

Fundiéndose los golpes de tambor gradualmente con las cuerdas del laúd árabe traído por los chapetones, siendo incontables de ellos conversos irrigados por sangre bereber-mora-omaye tras ocho siglos de dominación islámica de la península, combinándose en los campos y montes de la antigua Quisqueya con la güira aborigen, dominada por Johnny como buen dominicano y encontrada por Rosario Cárdenas -colega de Villegas y paisana de Domínguez, Quintero y Ulloa- en el bambuco de chirimía y en la carranga boyacense, en la cumbia costeña y en la guaracha puertorriqueña, en la música carrilera y en la guitarra que rasgara Cueto en el Faenza durante la premier de él con Miguel y Siro iniciándose el año treinta cuatro del Veinte, como también en las tonadas de los vaqueros en los hatos de Bolívar, Magdalena y el Sinú, con anterioridad bastante al evento cuando García Márquez secunda a La Cacica, a López Michelsen y a Rafael Escalona a poner bajo el techo vallenato a cuatro de los muchos ritmos costeños, quizás por la época cuando los descendientes de los guineanos en los montes santo-dominicanos fraguan el perico ripiao propagado por los burdeles a la salida o entrada de las villas, añadiéndole el acordeón llevado a Saint-Domingue por súbditos alemanes provenientes de Bremen, Hamburgo y otros puertos en el Báltico mancomunados por la Liga Hanseática, motivada en implantar una colonia más que mercantil en el Caribe, sirviéndose de la puesta en marcha de casas comerciales como la Finke, Banck & Co. y de la compra de predios para el cultivo del cacao, el café, la caña de azúcar y el tabaco.

*Pasé por Barranquilla, caramba,*
*y me fui yo de lao,*
*pasé por Cartagena, caramba,*
*y me fui yo de lao.*

*Ñico Lora*

Extendiéndose la intentona aria a Santo Domingo con la intervención pionera de la Confederación Germánica y luego del Imperio Alemán, con la complicidad de gobernantes locales, estableciéndose de este modo, en el "Cuadrángulo de La Má Teodora", quien será el tatarabuelo materno de Johnny, don Wilhelm Knipping.

# ¿Y ESE APELLIDO ROCHET?

*Acababa yo de descubrir el Caribe,*
*pero no lo sabía todavía,*
*como Colón venía buscando otro punto en el mapa, Santiago,*
*y me empeñaba en encontrarme en Santiago de Cuba,*
*cuando en realidad caminaba*
*por Santiago del Caribe.*

*Cabrera Infante*

Arribando así, a las Antillas, con los inmigrantes alemanes, el acordeón tan esencial en el antiguo merengue como en el venidero canto vallenato, y entre los llegados el tatarabuelo materno de Johnny y bisabuelo de doña Octavia Aurelia Knipping y Rochet, radicándose en San Francisco de Macorís, aldea en la misma provincia del Cibao, divisándose a Santiago de los Caballeros parándose en la punta de pies desde su cima más alta, la Loma Quita Espuela, y haciéndose el colonizador a posesiones despojadas por los chapetones.

-¿Y ese apellido Rochet en el nombre de doña Octavia?

-Por su madre, doña María Teodora Rochet Germoso, nieta de Christophe Rochet Sellier, oriundo de Metz en el norte de Francia y asentado en el Nuevo Mundo con anterioridad al periodo cuando un grupo de criollos santo-dominicanos contemplaba aunarse a la Gran Colombia, nutrido por el ideario revolucionario francés, el mismo que motivó a Nariño a traducir los Derechos del Hombre, a Bolívar a organizar el ejército libertador y al General Mascachochas a enfrentar a la Iglesia Católica, eliminándole privilegios y confiscándole los bienes muertos y las tierras sustraídas a los nativos.

97

Arribando Bolívar allá, a Haití, buscando el apoyo de Petión al encontrarse doblemente derrotado, reanudando la campaña libertadora con la ayuda del primer presidente negro en el Nuevo Mundo, disponiéndose a avanzar ahora sí glorioso el caraqueño a Santa Fe y celebrar la victoria en los campos boyacenses, como acostumbraba, con un deslumbrante baile de contradanzas, minués y valses irradiando esa gracia de criollo costeño que, aunada a su fulgor de guerrero invencible, concentraba las miradas hasta de sus enemigos en las filas separatistas.

Ese garbo asentido por Jeannette Hart, su amante gringa, cuando bailaba con él, dejándose ella conducir por los brazos, por el cuerpo y por los pies de un excelso bailarín, acostumbrado a esas figuras y a esos pasos complicados, ordenando a la orquesta que la última pieza a tocarse -relatado plenamente por ella- fuera un vals, cesando los presentes todo movimiento y circulación para cederles el centro del salón, situándose alrededor para observarlos.

-La armonía de nuestros movimientos era tan placentera que ninguna otra pareja hubiese podido competir, moviéndose el general como sí los acordes de aquel vals emanaran de su cuerpo como algo heredado.

Era el aura íntima de un caribeño criado entre chapetones arribados de Andalucía y amamantado por comadronas guineanas a la escucha de tambores noctámbulos palpados por los esclavos de la hacienda familiar, una de las más prósperas de la Capitanía General de Caracas, gracias al cacao embarcado hacía la (Madre Patria), narrando uno de sus subalternos que alguna vez vio lo vio sumarse a un bembé formado por los trabajadores de su plantación en San Mateo, perdiendo el caudillo su compostura de noble y brotándole su custodia entre negros y peninsulares traspasados por lo moruno, como fluía en otros oficiales del ejército neogranadino.

Mascullándose que por ese desenfado, propio de los caribeños, iniciaría la pataleta de los cachacos, de piel blanca y movimientos menos agraciados, contra los costeños, recelosos de mirar como las damas de la fría Santa Fe se embelesaban con los alegres, bronceados y mejores bailarines del alto mando secesionista, principiando por Bolívar, cuyo trastatarabuelo paterno era oriundo de La Española y contemporáneo de las Ginés, leyéndose su nombre esculpido en una de las lápidas de la Catedral Primada de la Ciudad de Santo Domingo.

# SALSA PARA UNA ENSALADA

*Algunos peces no se dejan pescar,*
*no es que sean más rápidos*
*o más fuertes que los otros peces,*
*es solo que han sido como tocados por la gracia,*
*El Bestia era uno de esos peces.*

*John August y Tim Burton*

Convidándolo amigo lector o amiga lectora, a detenernos un instante ante un mapa del Virreinato de la Nueva España, buscando en el croquis a la isla del antepasado dominicano de Bolívar, localizada en medio de un archipiélago en arco, enrumbado a Suramérica, y peregrinado en tiempo de la colonia por americanos, asiáticos, chapetones, europeos, guineanos, nativos y (yanquis), concentrados en obtener una noción de cómo se cuajaría la caribeñidad en seres como Bolívar, como el enano, maltrecho y jorobado de Alfredo Boloña o como el mismo Johnny.

*¡Ay José, así no se puede hacer!*
*¡Ay José, así no se puede!*
*¡Ay José, así no sé!*
*¡Ay José, así no!*
*¡Ay José, así!*
*¡Ay José!*
*¡Ay!*

*Cabrera Infante*

Esa esencia aderezada por ingredientes, como los referidos por Cabrera Infante en su "salsa para una ensalada", manuscrito en caligrafía garamond que al leerlo me despabilará como sus pares, llevándome afanoso a intentar entender asuntos disimulados del quehacer salsero, así como el censurado "Tres Tristes Tigres" nos enseñaba la ociosa Habana de academias de baile, burdeles, cabarets, casinos, hoteles, posadas y salones como ningún otro texto hasta ese entonces, mostrándonos a esa bestial negra que cantaba boleros sin acompañamiento orquestal, ilusionándome con la bella Cuba Venegas, arribista y campante siempre en público, pero como la humanidad entera sobrellevando la procesión por dentro, semejante a las otras bellas del Alhambra, del Capri, del Sans Souci, del Tropicana, entre ellas La Polanco, reconociéndola en el Salomé Pagana –navío de errantes atascado en el disecado Lago Gaitán- un "Martes de Amarte" con el Chiqui Tamayo y el "Escuadrón del Bolero" amenizando la velada y delante de la burguesía criolla y la social-vacanería presente, invitándola a bailar en la pista en cuyo centro, incrustada en la pista se veía una caja de cristal con un par de zapatos blancos de la colección de Villegas, aunque (rumoreándose que fueran del Benny Moré) dentro de una caja transparente e iluminada a manera de reliquia, ella más alta que yo, cerrando ambos los ojos para abrirlos como pregona el son, pero jamás en cama ajena, sino en Cartagena.

*Vestida de plata, con la luna llena...*

*Ramón Cabrera*

Redescubriendo el Caribe en el canela de su piel y en su libídine, igual a cómo le debió ocurrir a Cabrera Infante, confesando en su revoltijo que, a él, como habanero, se le pudo revelar.

-Una tarde en Santiago de Cuba, ya que (si hubiese sido) en Santiago de Chile habría descubierto no el Caribe, sino el Mar Pacífico, y mi nombre sería otro: "Balboa El Vasco", bizco viendo dos mares a la vez.

Acarreándome la ensalada de nuevo al "Cuadrángulo de La Má Teodora", y una vez allí a La Española, como ya lo había hecho años atrás a la escucha de "Anacaona" cantada por el Cheo Feliciano, a esa colonia que otrora gozara de una portentosa grandeza, tanta que fray Oviedo y el padre De Las Casas la comparaban con Inglaterra, "pesando este reino, principiando el siglo XVI, apenas un palo de tabaco" -apuntado por Arciniegas en su "Biografía del Caribe"- e inexistiendo isla en la Tierra con colonos más ricos, con negocios más activos, con feudos más hermosos que los reinantes en Santo Domingo, impactando en el destino de Madrid más que la vecina Jamaica en el esplendor de Londres, pudiéndose incluso Kingston alejarse, siendo advertido apenas por el Palacio de Buckingham, a diferencia del estremecimiento que ocasionaría una separación de Santo Domingo para el Palacio de la Zarzuela.

-Era Santo Domingo para los chapetones, como Saint-Domingue para los franceses. Era cuando Port-au-Prince contabilizaba veinte mil habitantes, siendo diez mil los criados. Existiendo cabarets y casas de vida alegre, donde, de siete mil mulatas, cinco mil vivían para divertir a los caballeros, pasándose de buenas como La Polanco con el "círculo ecuatorial ceñido a la cintura", aproximándonos una vez más a Guillén.

-La boca tenía chica y los labios llenos, indicando más voluptuosidad que firmeza de carácter. Las mejillas llenas y redondas, y un hoyuelo en medio de la barba, formaban un conjunto bello, que para ser perfecto sólo faltaba que la expresión fuese menos maliciosa.

-(…)

-¿A qué raza, pues, pertenecía esta muchacha? Difícil es decirlo.

-(…)

-Tales eran su belleza peregrina, su alegría y vivacidad, que la revestían de una especie de encanto, no dejando al ánimo vagar sino para admirarla y pasar de largo por las faltas o por las sobras de su progenie. Llevaba también el cabello siempre suelto y naturalmente rizado.

-(…)

-Parecía tan pura y linda que estaba uno tentado a creer que jamás dejaría de ser lo que era.

Cirilo Villaverde

# BAÍLEMOS, FESTEJÓ SOFÍA

*-¿Si te dijera que pasé la noche con Hemingway*
*y Scott FitzGerald, qué dirías?*
*-¿Sueñas con tus ídolos?*
*-Sí, pero si no estuviera soñando.*
*-¿Qué quieres decir?*
*-Qué estuve con Hemingway, los FitzGerald y Cole Porter.*
*-Pensaría que tienes un tumor cerebral.*
*-Te digo que Zelda FitzGerald es justo como la conocemos,*
*cómo todo lo que hemos leído en libros y artículos sobre ella,*
*es encantadora, pero muy loca,*
*y no le cae bien a Hemingway, para nada,*
*y Scott sabe que Hemingway está en lo cierto,*
*pero se ve que lo aflige porque la ama.*
*-Vamos, dejemos la plática de ídolos, porque llegaremos tarde.*

*Woody Allen*

Aconteciendo algo fantástico años después, cuando caminando el barrio más septentrional de la "ciudad escondida", -cursando el mandato local del Ogro de la Barba Blanca-, aparece en físico otro personaje de la obra de Carpentier, Sofía, degustando un cremoso Cream Helado, ataviada igual a como Solás la muestra, junto a su hermano Carlos y a su primo Esteban, en la adaptación cinematográfica de la novela, pero girando en torno a Víctor Hughes, emisario de la República Francesa con la misión de divulgar el ideario revolucionario en el archipiélago caribeño, llevándolo su comisión a La Habana también, antes de metamorfosearse en déspota gobernando las islas de Guadalupe y Martinica y posteriormente (la) Guayana, virando sus convicciones y desconfiando de los liberados a quienes originalmente defendía, instaurando un régimen laboral forzado pretendiendo estabilizar la economía, pero logrando resultados positivos para Francia, sirviendo hasta al mismo Napoleón contrarrevolucionario en el poder.

Coyuntura en París aprovechada por Acevedo y Gómez y demás alzados en Santa Fe para deponer a los chapetones proclamando la independencia neogranadina, tan cuestionada por Múnera, El Historiador, aunque temporal ante la contraofensiva de las tropas de Murillo, hallando el pacificador a los criollos ocupados en solemnidades y repartijas burocráticas, así como de los tributos, sin reparar siquiera en la tercera ley de Newton, esa que reza que "a toda acción ocurrirá siempre una reacción de igual intensidad, pero en sentido opuesto".

Sofía estaba adornada igual al día cuando Víctor llegó a su casa portando cartas y noticias para el padre, ignorando que la anciana mujer de la sombrilla verde aceituno hacía tres años lo había acarreado hacía al más allá, heredándoles a los hermanos una fortuna, pero también una crianza indiferente ante la realidad de portón hacía afuera, declarándoles el forastero que era un panadero nacido en Marsella, deseoso desde niño en viajar al Asia, encontrándose siempre con América y habiendo vivido en Bahía Dos Santos, en Bermudas, en Boston, en Cartagena de Indias, en Paramaribo y en Santiago de Cuba, hallándose asentado en Port-au-Prince, teniendo allí un lucrativo negocio, después de intentar residenciarse en Ciudad de Santo Domingo y en Puerto Plata, desplazándose mientras hablaba dentro de un gran salón abarrotado de los artificios más recientes –parecidos a los cachivaches traídos por Melquiades- y de esculturas y pinturas, muebles y diferentes enseres, todo en un desorden velado por sabanas blanquecinas iluminadas por centenares de velas dispuestas en varios candelabros, percatándose que los jóvenes desconocían a los enciclopedistas.

-Los grandes hombres de una nueva era de la humanidad, rotas las cadenas de la opresión, cuando el desarrollo y el progreso, junto a la ciencia, la salvarán, - les explicaba.

-Víctor tus ideas de progreso me sorprenden y me asustan, pensando que sí el hombre se aleja de la naturaleza podría ser infeliz, -instó Esteban.

-El hombre debe dominarla, -contestó Víctor estudiado en la Academia de Ciencia de París, alzando la botella de vino y sirviendo su brebaje en copas para cada uno: -Brindemos por la libertad, la fraternidad y la igualdad de la humanidad, de los humanos, cualquiera sea su color o raza-.

-¡Bailemos! -festejó Sofía, molestándose instantes después al ver que el médico llamado por Víctor, para atender a Carlos indispuesto, era negro.

Sin embargo, continuaron bebiendo y danzando sin escucharse música alguna hasta el instante cuando el ciclón pondría a las contemplaciones de Víctor en su lugar, recordándole la naturaleza su poderío por avanzada que fuera la civilización, así como años después será la historia social y la condición humana las fuerzas que develarán a la bestia agazapada dentro del plenipotenciario.

Esa mujer peinada y vestida a la moda del "Siglo de las Luces", andando Mirandela, era Jacqueline Arenal, nacida en La Habana y radicada en la "ciudad escondida" cerca de la Reserva Van der Hammen que el Ogro se engullirá, devolviéndola hormigón y marchitando su hedor las margaritas de los humedales. Era Sofía en la adaptación de la novela sobre la Ilustración, el liberalismo y algo de esa Revolución Haitiana abordada por el "El Reino de este

Mundo", obligando a millares de los pobladores de Saint-Domingue a huir del terror, siendo incontables los blancos bailadores de la country-dance, así como eran innumerables los instrumentistas mulatos de charangas y los tamboreros negros.

Reuniéndose esta comunidad los fines de semana para fiestear en el oriente cubano, las nombradas sociedades de tumba francesa que para nada eran ritos funerarios, sino festejos de atabales entonando las mujeres coros en creole, mientras las parejas danzaban emperifolladas como sus patrones: los varones de sombrero y trajes confeccionados por sastres, mientras las mujeres lucían aretes, batones de hilo, chales finos, collares baratos, encajes delicados y pañuelos de seda, tributando (los haitianos) a esa cubanía sonora en fundidor desde el desembarco del genovés en Guanahani, contando Carpentier que el primer músico en Cubanacan acaso fuera Alonso Morón, vecino de Bayamo y vihuelista, o Porras El Cantor, o quizás los frailes quienes iniciaron a los indios en el canto motivados en integrarlos al coro del templo o tal vez Ortiz, El Músico, inquilino de Trinidad, instrumentista de la vihuela y de la viola y experto en danza.

Anteriores inclusive al apuesto, seductor y vividor, Jorge Voto, sevillano propietario en Tunja y en Santa Fe de la academia de música y danza, auto-promocionándose maestro de costumbres en la corte de los Habsburgo, tramando aquí a las bellas, Amparo Grisales y Margarita Rosa de Francisco en sus roles como las ardientes, desenfrenadas y transgresoras Hinojosa, y cuasi contemporáneo de Micaela, la cantaora, y de Teodora, la bandolista y mítica por ese son que hasta Carpentier, músico y musicólogo, le atribuirá cuando ya sus audiciones en los salones parisinos ilustraban a bohemios y vanguardistas como (Belmonte, Buñuel, Dalí, Degas, Eliot, Gauguin, Gertrude Stein, Hemingway, Josephine Baker, Matisse, Picasso,

Porter, Ray, Toulouse-Lautrec, Scott y Zelda FitzGerald), expuestos años después por Woody Allen en las regresiones de "Medianoche en París".

# LA TABERNA DE LA HISTORIA



*El estudiante que llega a nuestra mesa redonda*
*evoca el drama de su tiempo,*
*es rudo y franco y encuentra en nuestra taberna,*
*el abrigo y el calor que calienta*
*y aligera el ánimo.*

*Germán Arciniegas*

Demasiado había cambiado el atlas de Occidente desde la Revolución de las Trece Colonias, de la misma Revuelta Haitiana y de la ascensión de Napoleón al trono, causante que los criollos se levantaran contra la (Madre Patria) invadida por los franceses y jurando lealtad al derrocado Fernando VII, surgiendo La Gran Colombia después con la gloria bolivariana, y luego (los) Estados Unidos de Colombia, atrayendo al ingeniero Cisneros, y finalmente la República de Colombia, de Caro y Núñez, finiquitada cinco años antes de mi charla con Johnny en el vestíbulo del Tequendama.

Transformándose aún más el hemisferio desde la firma del Tratado de París, exigiendo la Casa Blanca a los chapetones cederle sus últimos territorios en las Antillas, o sea Cuba y Puerto Rico, ocupándolos los marines de la noche a la mañana certificando su poderío y sin los isleños disfrutar sus independencias, irrumpiendo gradualmente negros molestos con las nuevas condiciones, blancos allí y allá les habían prometido la libertad y la consumación de la discriminación, siendo en cambio engañados, traicionados y perseguidos, refugiándose en cabildos y en  sociedades de ayuda mutua y recreo.

Como los apaches en la encerrona de Zanja y Dragones concibiendo el son puesto en clave que, fomentado por la Brunswick, la Columbia, la Víctor y las restantes disqueras trascenderá más allá de su ámbito primigenio, escalando a los clubes de la burguesía, desafiando al aristocrático danzón ejecutado por las charangas extasiadas en la música europea, posibilitándole al bailador de salón el privilegio de solazarse con Mozart, Rossini y Tchaikovsky pero a la cubana, como la danzonera de Antonio María Romeu o más tarde las radiofónicas orientadas por Arcaño, citado por Johnny como su inspirador para seleccionar la flauta, dominando ya el acordeón, la güira, el saxofón y la tambora como buen dominicano.

Brotando entretanto las grandes orquestas, en los estaderos más exclusivos, engalanadas con esa sonoridad que comenzaban en Nueva York a denominar jazz, como la "Orquesta del Casino de La Habana", conducida por Don Azpiazu, conocido aquí, en la "ciudad escondida", como consta en las partituras que circulaban entre los papeles de Anastasio Bolívar, director de la "Jazz A. Bolívar", de moda entonces, cuando el tranvía aún era tirado por bestias, implementándose la energía eléctrica y resistiéndose los faroles a desaparecer, olfateándose en las noches ese flato nauseabundo emanado por el alumbrado a gas, iluminando entre las sombras a transeúntes bajos sombreros y al resguardo de capas oscuras, regresando a sus viviendas tras tertuliar en algún céntrico café.

Corrían los días cuando la Fraternidad de los Pétalos Mustios, con el Chiquito Lleras entre los acreditados, confabulaba carnavales, fiestas estudiantiles y monerías en la casona de antigua ostentación, contigua a los baños de Genaro Gómez en la falda del Cerro de Guadalupe, convirtiéndola en su castillo y en su taberna, jugando los veintiún estudiantes de la mesa redonda a cofrades de una orden secreta tras operarla inicialmente en el Ansonia, hotel de María

Angueyra, una de las tías de Arciniegas, al amparo de un nombre sacado de un poema del Mono Rueda.

-En verdad, una balada inspirada en una mata de habas que, solitaria, se marchitaba perdida en la maleza, -revelaría Arciniegas a sus lectores de El Tiempo décadas después.

Esa casona de antigua ostentación era en realidad un caserón aplastándose por los años, hazmerreir de los vecinos, dispuesto en el salón principal un mesón ovalado a similitud de la mesa mística de Camelot, sentándose a discutir, según ellos, asuntos teóricamente perentorios tanto para los capitalinos como para ellos mismos, estudiantes de la "ciudad escondida", invitando al tablón a protagonistas extractados de los manuscritos históricos de la humanidad para profundizar en la materia a tratar, desfilando aventureros y conquistadores, filósofos y magos, frailes e inquisidores, navegantes y obreros, políticos y románticos, rebeldes y sabios, seminaristas y trovadores, como los nombrados por Arciniegas en "El Estudiante de la Mesa Redonda", encaramándose de a uno en el tablón a ensayar discursos oídos por la sirvienta que sacudía el encierro, desaparecidas de la despensa y el vecindario las existencias de chicha y chirrinche, vislumbrándose la posibilidad que los negros del sexteto del enano, jorobado y maltrecho de Alfredo Boloña hayan estado en ese recinto suspendido en la loma del Belén.

*A la loma de Belén, de Belén nos vamos,*
*ae ea, ae componedores, ae remachadores,*
*y yo voy a la loma, buscándote...*

*Felipe Neri Cabrera*

Rematándose la cotidiana charlatanería con la murga de bandolas, flautas, guitarras, tamboras y tiples que, durante los carnavales asaltaba la Plaza de Bolívar, encabezada por Pericles Carnaval, resultando Arciniegas en el cantar tan desafinado, que reunida su familia para celebrar, sus hermanas le tendían la pandereta, lejano el tataranieto de Perucho Figueredo estaba de ser un músico aceptable, a diferencia de su predecesor en Bayamo que hasta pianista era.

-A mí no me toleraban en ninguna orquesta porque lo echaba todo a perder, sin embargo llegaría a tener cierto dominio de las castañuelas.

# EL EXTRANJERO DE LOS CORBATONES FASTIDIOSOS

> *El ruido y las carcajadas de nuestra tertulia*
> *harán que se estremezcan en sus sepulcros*
> *hasta los muertos distinguidos*
> *que reposan en las catedrales.*
> *¡Bebamos, amigos, por su eterno descanso!*
>
> *Germán Arciniegas*

Citándose la Fraternidad de los Pétalos Mustios en esa casona de bajantes, canalones y techo de zinc después de la tía de Arciniegas en absoluto aguantarlos un día más en su hospedaje contiguo al Municipal y diagonal al Observatorio Astronómico, alojándose temporalmente allí un extranjero caracterizado por sus corbatones coloridos, fastidiando a los cachacos ataviados con traje negro cuatro piezas, camisa blanca y calzoncillo de lana apretujándoles las pálidas pantorrillas, molestos además con su acento mexicano que, enterado el dandi de la molestia que causaba, más lo entonaba, enlazando con parecida satisfacción las anchas y vistosas corbatas de cuerpo entero ante al espejo, sabedor que provocaría más burlas, chismes y sonrisas.

Era Carlos Pellicer, emisario de Carranza y Vasconcelos a organizar la Federación Colombiana de Estudiantes como a tantear la segunda independencia del Nuevo Mundo ante la intromisión de los gringos en nuestros asuntos internos. Él y Arciniegas se habían amistado carteando sobre el "Ariel" de Rodó y "La Raza Cósmica" de Vasconcelos, sobre la Vieja Europa y el Nuevo Mundo, sobre la generación del Ateneo y la reforma universitaria propuesta por los estudiantes cordobeses, hospedándose el poeta -de veinte eneros y dos años mayor que Arciniegas- en el Ansonia hasta el día cuando se traslada a una buhardilla del Edificio Liévano, frente a la Plaza de Bolívar, gozando aún de aspecto de jardín inglés, y diagonal al capitolio construyéndose todavía tras tres décadas de construcción, siendo despertado a diario por el campaneo de los colosales bronces de la Catedral Primada invitando a los capitalinos a la primera misa, levantándose entonces de la cama para dirigirse a la ventana y mirar el ciclópeo reloj con las manecillas detenidas a las cuatro horas y treinta y dos minutos de la mañana, engalanándose a continuación para salir con rumbo al Colegio Mayor de Nuestra Señora del Rosario donde matriculado proseguía su activismo, encontrándose en la tarde con los Pétalos Mustios.

Se había apeado del tren en la Estación de la Sabana tras remontar el Mar Caribe, el Gran Río y la Cordillera Central por la cuesta occidental como cualquier viajero venido del norte, atracando el 25 de diciembre junto a un ramillete de monjas embarcadas en La Habana, como él y de remate compatriotas suyas, relacionándose durante la anchurosa travesía de casi un mes, teniendo en el vapor un primer contacto prolongado con nuestra música, después de una larga semana en la isla, hospedándose en los mejores hoteles a costillas de sus paisanos y luego de visitar a su admirado Díaz Mirón, poeta exiliado en Cuba.

Cursaba el último año de la Gran Guerra, seis después de la masacre de los independentistas de color y el mes siguiente a la pandemia de gripa que atestó el firmamento de la "ciudad escondida" con sombrillas verde aceituno, contabilizando la prensa mil novecientas, llegaba Pellicer de una Habana emergiendo el son tocado por sextetos favorecidos por el oído comercial de los exploradores de las disqueras, catalogándolo la Brunswick y la Víctor de son habanero para diferenciarlo del son santiaguero difundido por la Columbia, al saber de don Cristóbal Díaz Ayala, iniciándose el usufructo de la expresión "son" -sin ocasionar la polémica que originarán Johnny y su socio décadas luego con la apropiación del término "salsa"- impresa entre paréntesis y bajo el título de la obra en los rótulos de las pastas, oficializándose su uso y coincidiendo -el fonema castellano- con el vocablo "song" que -en el inglés de los gánsteres, manes y turistas- traducía "canción".

Pero ese son habanero, ya no era solo una canción para escuchar en los cafés y las peñas, sino también para bailar en los salones de los casinos, de los centros como el esplendoroso Asturiano, de los clubes y de los hoteles, ascendiendo de clase desde las academias, que eran en realidad burdeles, donde los mulatos de aspecto negro y los negros mismos imitaban en el danzar a los blancos y a los mulatos de aspecto blanco, bailando el refinado danzón, en ciernes en época del gringo importador del hielo, pero acelerándose con el paso de los años sin perder exquisitez, sino al contrario ganando gracia y superando al danzar encorvado de los rumberos al convidar a los bailadores a enarbolar los torsos a la manera de las parejas danzoneras, entrecruzando brazos para enganchar las espaldas, dejando libre el otro par de manos asiendo un nudo, mientras los pies se desplazan por la pista facilitando los giros, las rotaciones y los recorridos, liberando las mujeres su cadera al sonar del contrabajo, el bongó y la clave.

Bastante había evolucionado el vals bronceado por el trópico -y más por esa cubanidad en proceso de consolidación- desde los días cuando Bolívar y La Hart lo bailaban ante la elite limeña y considerable después de conquistar su nobleza en la corte de los Habsburgo a la escucha de las composiciones de los Strauss, descendido de las montañas del Tirol, allá en el centro de Europa, expandiéndose a otros reinos aledaños a la casa austriaca, introduciéndose en puestas de ballet y ópera hasta morar en el Nuevo Mundo, quizá con los súbditos de Felipe II, heredero de las posesiones de sus abuelos, los Reyes Católicos, iniciadores del imperio chapetón, acogiendo los criollos el vals y Bolívar descollando como ningún otro bailarín, ante la vista también de negros prestos a imitar las danzadas de sus amos, del mismo modo como los mulatos dados a la música aprendían a tocar la guitarra, el piano y el violín adoptándolos a sus emociones, recreados en esos danzones y sones en boga cuando Pellicer conoce La Habana, existiendo la "Agrupación Boloña", tal vez el primer conjunto de son del enano, jorobado y maltrecho de Alfredo Boloña. Sin embargo a Pellicer, la encantadora Habana le pareció "una ciudad ambigua y escotada, llena de peripecias vulgares, así como de inteligencias indiscutibles".

-En verdad, me divertí poco, -le confesaría ciertamente a Arciniegas reiterándole lo contado a su mamá en una carta sobre su estadía allá, relatándole después de la "impresión de baño de mar" experimentada al bailar el danzón en la propia isla donde emergió la cadencia llevada por los yucatecos a su tierra. Era mexicano y como tal aficionado a bailar ese ritmo acogido por los veracruzanos desde finales del siglo anterior haciéndolo suyo.

# LA HEMBRA MÁS HERMOSA

*Tanto tren con tu cueppo, tanto tren,*
*tanto tren con tu boca, tanto tren,*
*tanto tren con tu sojo, tanto tren...*

*Nicolás Guillén*

Con esa impresión de La Habana, arribaría Pellicer a la "Atenas Suramericana", uno de los hombres en la apuesta de Vasconcelos por alfabetizar a la nación mexicana y por acercarle los clásicos de la literatura universal, conociéndose en persona por fin con Arciniegas, emocionado en saber el joven Pétalo Mustio también de cuanto acontecía en la isla de sus ancestros maternos, ignorándose (para nuestro interés) sí su amigo le contaría de alguna experiencia con el naciente son habanero, seguramente si, debiendo percibir algo y más sí compartiría con poetas y sí asistió al Vista Alegre, estadero de actualidad entre la Vieja Habana y la Habana Nueva, sede de trovadores y de María Teresa Vera, sonera del "Sexteto Habanero" que tanto gustaría a los Cañate, los Cassiani, los Salgado, los Simanca y los Valdés en San Basilio de Palenque y a los pepineros en la zapatería de Piro Valerio en Santiago de los Caballeros, siendo la casa de La Vera anfitriona de cantautores como Corona y estancia donde el cantante y guitarrista de la agrupación del enano, jorobado y maltrecho de Alfredo Boloña intimaría con Longina O'Farrill, haciéndose tan acompañantes que aparentaban ser amantes, tanto que la mulata pidió a los suyos que sus despojos fueran enterrados en la misma tumba donde se hallaban sepultados los restos de su amado Manuel, quien le había dedicado un bolero a tornarse clásico en la

119

interpretación de Barbarito Diez y en las voces más recientes de Óscar D´León y Leo Pacheco.



Longina O'Farrill, la "mujer del cuerpo orlado de belleza, los ojos soñadores y el rostro angelical", es aún un personaje anónimo en búsqueda de un asiento histórico, como la negra Hipólita quien amamantó a Bolívar, había cuidado cuando niño al dirigente Julio Antonio Mella, nieto del pepinero Ramón Matías Mella y gestor del Partido Socialista Popular que después será el Partido Comunista, propietario de la Mil Diez, la emisora que lanzara a Celia Cruz a la fama estando desposada con su director, un ferviente marxista con cierta influencia en La Habana, don Ibrahim Urbino, debiendo Julio Antonio exiliarse en México, donde será ultimado por los cuadrúmanos de Machado violentando desde las sombras en una calle del Distrito Federal, habiéndose visto en la mañana una sombrilla verde aceituno sobrevolando la populosa urbe. Julio Antonio caminaba cogido de la mano con la irreverente Tina Modotti, su amante y amante de Frida Kahlo, fotógrafa y símbolo sexual en el Hollywood mudo, encarnada decenios después por Lila Downs en una película y en una serie por la hembra más hermosa parida por la humanidad, Mónica Bellucci, examinada por nuestra mirada adolescente en Castelcuto a través de los ojos de Renato Amoroso, el chico de doce años quien todas las tardes de la Segunda Gran Guerra se citaba con sus compañeros de la escuela para verla caminar entre su residencia y el centro de la villa siciliana.

Tina sería una de las artistas que donaría obras a Pellicer retornado de París, avanzando exactamente ese periodo cuando se detuvo el carteo con Arciniegas, estudiando museografía en La Sorbona a instancias del gobierno de su país y gracias también a Ingenieros, autor de ese manuscrito que nos obligará el profe Del Real a leer en la secundaria, adquiriendo su edición pirateada en El Mimo, una de las casetas de La 19, propiedad de Alberto Littfack y Julio Ferro, escuchándose a su alrededor grabaciones salseras emitidas desde los quioscos, prensadas numerosas por la disquera de Johnny, pero más por "Morgan Records", cuando de sextetos en la "ciudad escondida" nadie hablaba, ni Sonia Basanta, la primera persona a quien oiré departir (en su casa en el Restrepo) sobre estas agrupaciones, revelándonos de su existencia tanto en San Basilio de Palenque como en las poblaciones cercanas, aunque para más verdades, Gloria Triana ya, insuflada por el principio de la vida y la fuerza cósmica, que es Yuruparí, los revelaba en el Canal Once.

# EL SABIO ORTIZ



*Los blancos bailan minué,*
*los negros bailan el son,*
*y yo, como soy africano,*
*bailo el son siboney,*
*y yo, como soy africano,*
*bailo con senseribó.*

*Alfredo Boloña*

Pues ese manuscrito de Ingenieros que el profe Del Real nos obligará a leer en época del Canal Once era "El Hombre Mediocre", ejerciendo en nuestra generación una influencia menor a la ascendente por el Manifiesto Liminar de la Reforma Universitaria de Córdoba sobre Arciniegas y sus camaradas instándolos a la democratización de la educación y de la universidad, generando resistencias, aunque nunca como las broncas resultantes en la ciudad argentina que forzarán a la Casa Rosada a intervenir con su fuerza represiva a favor de los confesionales, imponiéndose a la postre los estudiantes entre negociaciones y más refriegas, mirados por sus iguales en el resto del continente, entre ellos Arciniegas y Pellicer, reflejando en su correspondencia ese ocurrir como muchos otros, interrumpida para desdicha nuestra ese intercambio cuando los sextetos alcanzan su cima en La Habana y a escasos meses de aparecerse la agrupación del enano, jorobado y maltrecho de Alfredo Boloña por estas estancias y largos meses antes de Vasconcelos publicar "La Raza Cósmica" al influjo de los maldecidos Darwin, Marx y Nietzsche, acuñando que los latinoamericanos éramos la

123

quinta raza, "la más perfecta y sublime", revoltijo de la africana, la amarilla, la amerindia y la blanca, o sea, el mismo mesianismo revuelto con primitivismo que la salsa neoyorquina cuatro décadas luego ostentará en varias de sus letras, convencidos en nuestras moñas en el Goce, en el Quiebra y en Sonfonía que así era.

> *Le dedico esta canción, a la América Latina,*
> *sus bellezas son divinas, y sus mujeres también,*
> *acaben de comprender que de ahí viene el sabor,*
> *tierras de dulzura y ron, con un sentir bien profundo,*
> *aunque no quieran creerlo, somos los reyes del mundo…*

*Alfredo de la Fe*

Publicando "La Raza Cósmica", la Agencia Mundial de Librerías de Madrid meses antes que Carpentier confinado se dispusiera a escribir "Écue-Yamba-Ó", aburrido como Menegildo Cué de contemplar al Chino Hoang-Wo, al Chulo Radamés, al Negro Matanzas y al Sevillano jugar al Antón Perulero y a la tabla del maíz picado, así como hastiado estaba de mirar pasar siempre a la misma comparsa del tren al compás de su chacachá y a las no menos simulaciones toreras, pero sobre todo, excitado estaba, de oir a los cinco integrantes del sexteto del enano, jorobado y maltrecho de Alfredo Boloña picoteando sobre asuntos de ñáñigos, los temas tratados por el Sabio Ortiz en las tertulias del Martí, allá en la esquina de Dragones y Zulueta, motivando a los minoristas a introducirse aún más en lo afrocubano manifestándoles que lo afro era la gran fuerza anímica de la cubanidad y habiendo publicado ocho textos para esa época, repitiéndoles siempre: "Aquí, entre nosotros, quien no tiene de congo, tiene de carabalí":

1.  La inmigración desde el punto de vista criminológico.

2.  Los negros brujos (apuntes para un estudio de etnología criminal).

3.  Los mambises italianos.

4.  Las rebeliones de los afrocubanos.

5.  Seamos hoy como fueron ayer.

6.  Los cabildos afrocubanos.

7.  Glosario de afronegrismos.

8.  Las relaciones económicas entre Cuba y los Estados Unidos.

En su mayoría, los contertulios del Martí eran jóvenes, congregándose a conversar sobre las noticias que llegaban sobre las vanguardias parisinas, sin dejar de ocuparse en los asuntos que los cubanos trataban improvisando un guaguancó o jugando pelota, como la corrupción de Zayas, la dictadura de Machado y la intromisión de los gringos cada vez más intensa, a diferencia de los anteriores afectos al café, complacientes con el estado de cosas, comprometiéndose además los nuevos con la defensa de los derechos de los agricultores y de los trabajadores, influenciados en su activismos quizá por cuanto pasaba en México con los revolucionarios herederos de las luchas de Emiliano Zapata y Pancho Villa, en Europa con el movimiento obrero y en Rusia con la revolución de lo soviets, reuniéndose desde don Pedro Henríquez Ureña, miembro del Ateneo en el Distrito Federal, hasta Rita

Montaner, precursora en cantar el "Manisero" en París, compartiendo la tarima del Palace con Sindo y su hijo Guarionex, con el pianista Rafael Betancourt y con la pareja de bailarines Carmita Ortiz y Julio Richards.

# EL AMANTE DE FRIDA

*Me pinto a mí misma*
*porque soy a quien mejor conozco.*

*Frida Kahlo*

Aconteciendo que el enano, jorobado y maltrecho de Alfredo Boloña resultaba ser el miembro ausente del "Sexteto" en la penitenciaria donde los cinco abakuás se encontraban condenados por "bronca tumultuaria", acaso por padecer esa pequeñez que le impedía inmiscuirse en pendencias como el resto de apaches, leopardos y ñáñigos, ellos sí de consistencias bravías, ignorando yo, cuando leo el manuscrito de Villegas, de esa descortesía de la naturaleza con el duro del "Sexteto Boloña", siéndome clarificado por Gino Curioso al topar en el ciberespacio con su blog, "El Anacrónico", reparando en las fotografías tono sepia posteadas por el peruano, deteniéndome en un retrato donde se detalla su estatura comparada con los restantes integrantes, preguntándome quien sería el enano, sin imaginarme que era quien apellidaba al sexteto siendo su director y lo relevante que era para el naciente son habanero y su relación con el manuscrito que Caspa me instigaba a leer, "Écue-Yamba-Ó", redactado por Carpentier en el penal, meses antes de fugarse de los cuadrúmanos de Machado en episodio de película, hallándose residenciado luego en París en una barriada rebosante en jazz, pero requiriendo de alguien quien le explicará a tanto bohemio, al caer la tarde, que cosa eran esas otras cadencias con sabor caribeño, escuchadas y bailadas también en los estaderos de Montparnasse, disponiéndose en resulta, junto a su compinche en la huida, Robert Desnos, a realizar una primera audición de sones y rumbas, recurriendo a las grabaciones del "Sexteto Habanero" compradas por el periodista francés en La Habana, filtrándose tal vez alguna pasta del sexteto del enano, jorobado y maltrecho de Alfredo Boloña.

Desconociendo sí Pellicer estaba entre los asistentes a las audiciones pues se aprestaba a regresar al Distrito Federal cumplidos sus estudios, reanudando una vez en México el carteo con Arciniegas para continuar exteriorizando ese bagaje mostrado desde la primera esquela remitida y corroborado durante su peregrinaje por la "ciudad escondida", siendo blanco del fisgoneo intelectual pese a su edad, a sus corbatones fastidiosos y a su juventud, maravillando a Arciniegas como a los demás Pétalos Mustios y parroquianos en los cafés de la Ximénez, mencionando ahora a Jerónimo Velasco, clarinetista en la orquesta del Olympia, conducida por el maestro Conti, tan italiano como Pietro Crespi, y animadora los domingos de los matinés bailables, compartiendo tarima con el violinista cubano apellidado Peralta, pariente tal vez de don Esteban Peralta, socio de don Basilio y don Ernesto en la escarbadura de guacas en las tumbas muiscas.

-Fueron catorce los meses de estadía de Pellicer en la "Atenas Suramericana", mensualidades después de los bogotanos morir de repente en cualquier lugar de la ciudad a causa de la epidemia de gripa y coincidiendo al parecer con el paso de Juan Cruz o Juan de la Cruz, según Villegas dateado por Pagano y éste por Blanco Aguilar, asumiendo esa actitud de Fitzcarraldo a bordo del barco flotando el Pachitea, redirigiendo el cono del fonógrafo hacía la espesura para que los campas y machiguengas oyeran la voz de Caruso grabada en el carbón, intentando sosegarles la rabia, fundiéndose en la jungla con los ecos de guerra de los tambores.

-¿Hay algo en el agua? -indicó Fitzcarraldo al capitán del navío.

-¿Dónde?

-Algo negro viene flotando hacía nosotros.

La corriente en contravía traía un paraguas negro.

-¿Qué hace un paraguas aquí? -preguntó al baquiano.

-Debió pertenecer a uno de los misioneros que los jíbaros mataron.

-¿Qué extraño?

-La última advertencia de los salvajes, les encantan los símbolos.

Descubriéndose entre el correo de Arciniegas y Pellicer afluencias también sobre mujeres, como aquellas que el mexicano, cuando visitaba La Habana, miraba "pasar dominicales" por el Malecón, por el Paseo del Prado y por Prado y Neptuno, antes de transfigurarse en uno de los amantes de Frida.

***

Noviembre de 1947

No sé cómo me atrevo a escribirte, pero ayer dijimos que me hará bien. Perdona la pobreza de mis palabras, yo sé que tú sentirás que te hablo con mi verdad, que ha sido tuya siempre, y eso es lo que cuenta. (...) Tu ser entero, tu genio y tu humildad prodigiosos son incomparables y enriqueces la vida. (…) Gracias porque vives, porque ayer me dejaste tocar tu luz más íntima y porque dijiste con tu voz y tus ojos lo que yo esperaba toda mi vida. Para escribirte mi nombre será Mara. ¿De acuerdo? Si tú necesitas alguna vez darme tus palabras, que serían para mí la razón más fuerte de seguir viviéndote. Escríbeme sin temor a "Lista de Correos". Coyoacán. ¿Quieres?

Carlos maravilloso, llámame cuando puedas, por favor.

Mara

✳✳✳

Siete años después, el 14 de julio de 1954, día de las honras fúnebres de la pintora, Pellicer leería su "carta para la eternidad" en el pórtico del Palacio de Bellas Artes del Distrito Federal, iniciando así su manuscrito de despedida:

"Una semana antes de tu partida, ¿te acuerdas?, yo estaba contigo, sentado en una silla, muy cerca de ti, contándote cosas, leyéndote los sonetos que había escrito para ti y que tanto te gustaban y que a mí también me gustaban, porque a ti te gustaban…

# EL VISTA ALEGRE

*Debes permanecer borracho de literatura
para que la realidad no pueda destruirte.*

Ray Bradbury

Acaso Pellicer conociera durante su primer viaje al Vista Alegre, el cuartel general de la trova santiaguera en La Habana, apunta Bianchi Ross, presentando cantores ganándose el sustento entonando obras propias y atañendo la guitarra, rutina remontada al medioevo cuando los juglares canturreaban versos pero ajenos, compuestos por poetas de la nobleza, contratándolos estos para que difundieran sus letras al amor, a la caballería, a Dios, a la guerra, a lo funerario, a la política y a la naturaleza, acompañándose de la viella, el violín predecesor de la vihuela pulseada por Micaela, la hermana de Teodora, paisana de Johnny e integrante del célebre quinteto referido por Carpentier en "La Música en Cuba", otro de los textos en esa tipografía que inspirará a la Editorial universitaria Garamond Press de Milán a implantar una división esotérica.

Uno de los cantautores del Vista Alegre era Sindo, concebido en Santiago por los años cuando el ingeniero Cisneros arriba a los Estados Unidos de Colombia, haciéndose acróbata y trapecista en algún circo de esos que extendían sus carpas en las afueras de los pueblos hechizando a los chiquillos con las bandas de redoblantes, platillos, trompetas, trombones y bombardinos, aprendiendo a puntear la guitarra con Pepe Sánchez, -el padre del bolero, "ese gran corruptor de mayores", según Villegas-, antes de unirse a los mambises, nadando la bahía para entregar mensajes remitidos por

131

Maceo y viceversa, trasladándose luego a Santiago de los Caballeros a proseguir con su misión, habiendo conocido naciones en Tierra Firme, ignorándose si alguna vez nos visitó, seguramente sí, con anterioridad a cuando se afinca en La Habana, trocándose el Vista Alegre en uno de sus estaderos, siéndolo también de otros trovadores errabundos, zumbándose que allí se reunían Arsenio, Miguel y Villalón a tertuliar, entre otros soneros, a la par de muchos bohemios y poetas, observados, en su entrar y salir, desde la ventana del edificio, por un niño de nombre completo, Cristóbal Díaz Ayala.

*Café Vista Alegre, rincón habanero,*
*peña de bohemios que no existe ya,*
*como te recuerdo, como te venero.*

*Tiempos de Corona, Delfín y Ballagas,*
*Rosendo, Banderas, Luna y Villalón,*
*y de Oscar Hernández, Sánchez Galarraga,*
*Romero, Zaballa, Bienvenido León.*

*De María Teresa, de Cruz y de Floro*
*de Majagua y Tata, Justa y Guarionex,*
*de los dos Enrizo, de los Matamoros,*
*Oviedo, Graciano y Barbarito Diez.*

*Café Vista Alegre, si el pesar es mucho,*
*me llego a tu esquina, donde ya nada hay,*
*y cierro los ojos y en alma escucho,*
*la música eterna de Sindo Garay.*

*Pablo García Barrios*

El Vista Alegre, bautizado así por su miramiento al mar, era también el estadero por bastantes habaneros por hallarse a la salida del casco de la villa colonial y entrada a La Habana nueva, sentándose a tardear en las mesas de la terraza, de cara al Parque Maceo, curioseando la aglomeración de personas disfrutando de las retretas animadas por las bandas del Estado Mayor, de la Policía o del municipio, mientras adentro, entrada la noche, la clientela se regocijaba con las canciones de personajes como Sindo formando yunta con su hijo Guarionex latiendo las claves, procedentes los trovadores en buen número de Santiago, donde el capitán Castillo, enseñando el bambuco en algo debió influir en las harmonías de aquellos juglares trasteados a La Habana juntando sus décimas castellanas a los coros efik y a los toques de los tambores ñáñigos.

Concurrido acaso por El Poeta que parecía un Caballo, oriundo de Santa Rosa de Osos en el Estado Soberano de Antioquia, en los Estados Unidos de Colombia, buscando el ritmo para esa canción de la vida profunda que el cariacontecido hijo del profe Fandiño recitaba todos los viernes en el monótono centro literario, el mismo poema declamado por Pilar desmontada de su bicicleta, andando apacible el jardín de los senderos que se bifurcan sobre la orilla norte del Fucha, rozando el aire frío del altiplano su rostro signado por una cicatriz que ninguna persona percataba, liberado su cabello rubio por el viento, pisando sus sandalias las hojas secas derribadas del árbol de las palabras, oyéndoselas levemente crepitar.

*Hay días en que somos tan móviles, tan móviles,*
*como las leves briznas al viento y al azar,*
*tal vez bajo otro cielo la gloria nos sonría…*

Encontrándose El Poeta que parecía un Caballo en La Habana por los días cuando el enano, jorobado y maltrecho de Alfredo Boloña agrupa su primer conjunto de son con la bella Hortensia Valerón en la plantilla, acaeciendo que el santarroseño fuera el compatriota nuestro más perseverante en frecuentar la isla, motivado en hallarse con sus amigos en el Martí, el Lafayette y demás cafés y restaurantes de La Habana Vieja visitados por la bohemia lugareña, recorriendo luego, al amanecer, covachas de escasa iluminación, saturadas por parejas bailando sones, guarachas y danzones como los prostíbulos del Colón, proveyéndose de cigarros de marihuana y tragos de ron a la caza de algún "mozuelo ardoroso, baldío, lánguido, sensual" para compartir lecho en cualquier hotelucho, "como los fantasmales que cruzaban por sus sueños".

# POETAS EN LA HABANA

*¡Oh Cuba!*
*¡Oh ritmo de semillas secas!*

*García Lorca*

Coincidiendo el Poeta que parecía un Caballo, en una de esas idas, con García Lorca apeado de Nueva York por invitación del Sabio Ortiz, dedicándole el granadino al ilustrado su "Iré a Santiago".

*Cuando llegué la luna llena...*

Apostando Cabrera Infante en su "Salsa para una ensalada" que García Lorca nunca fue, mientras Ricardo Repilado —familiar a lo mejor de Compay Segundo- declarará haberlo visto en la casa del médico dominicano Federico Henríquez.

-Estaba allí porque andaba enfermo del estómago, pero no parecía sentirse mal, porque se reía mucho, hablaba muy animado, fascinándonos a todos.

Ignoraba Cabrera Infante que García Lorca había viajado desde La Habana en un coche de agua negra.

*Iré a Santiago...*

Pero El Poeta que parecía un Caballo no era el único bardo nuestro en asistir a La Habana, sino también El Divino en tránsito hacía Madrid, enviado por Reyes a encargarse de lo cultural en la embajada, librándose el mandatario de un problema dada la popularidad del vate, evitando que sus críticas, durante los recitales, colmados las salas hasta el techado, insubordinarán a los rolos.

-Flórez es capaz de tumbarte, -le había advertido Caro a Reyes, ascendido a la presidencia por una alianza, leyéndose el nombre de Carlos Vila Daníes, socio del Central Colombia y del Ingenio Santacruz entre los mancomunados, ocurriendo que Reyes era mandatario a instancias de un fraude electoral, el Acta de Padilla, afectando al medio hermano y medio tío de los Vila azucareros, don Joaquín Fernando Vila Villamil, entreviéndose entre esa suerte de maquinaciones las razones de porque un cartagenero, Rafael Núñez, fuera el hombre más poderoso de la nación, y porque Higinio Cualla, su conterráneo y pariente, el burgomaestre de la "Atenas Suramericana" durante casi un decenio y a la sombra de los Vila, el tronco más respetado y temido de la Costa.

***

General Reyes.

Su telegrama del día ocho es todo un programa: Menos política y más administración, es decir, basta ya de latines y de idealismos y ocupémonos en desarrollar nuestras grandes riquezas. Agricultura, inmigración, caminos, trabajo, paz y concordia, es lo que pide Colombia, y lo que sus viejos amigos esperan de Usted.

Salúdolo, amigo Carlos Vila Daníes.

***

Distinguiéndose El Divino con Villalón por los meses cuando el guitarrista del Alhambra y fundador después del "Sexteto Nacional" navega a México con la Compañía Cubana de Zarzuelas, formando trío con Pachencho y Sindo en "Guaracheros" y cuarteto con Juan Araújo y nuestros compatriotas Adolfo Marín y Pedro Luis Franco en "El Comprador de Botellas", contactados por don Raúl Del Monte en un algún café de la noche habanera.

# EL ENTERRADOR

*Oye bajo las ruinas de mis pasiones,*
*y en el fondo de esta alma que ya no alegras,*
*entre polvos de ensueños y de ilusiones*
*yacen entumecidas mis flores negras.*

*Julio Flórez*

Aconteciendo que una de las coristas en "El Comprador de Botellas" era la bella Hortensia Valerón, la cantante y clavera en la (primera) agrupación del enano, jorobado y maltrecho de Alfredo Boloña, sin entrever ella, Villalón, cubano distinto, ni cualquiera de nuestros compatriotas en la isla que, mediando la década siguiente, ese conjunto originado entre los Apaches se presentaría en la "ciudad escondida", pero sin la bella Valerón ni Corona en la delantera, ni tañendo el juglar la guitarra, "uno de los cuatro grandes trovadores", al saber de don Cristóbal Díaz Ayala, enseñándonos además "el viejo lobo de mar" que este negro alto, delgado y gafufo a lo Quevedo había introducido la risueña guaracha en la trova.

Conjeturando con Caspa que, ese estadero donde don Raúl Del Monte contactara a "Pelón y Marín" fuera el Vista Alegre, hallándose acaso ese día allí El Poeta que parecía un Caballo acompañando a sus coterráneos cantando bambucos y entonando una de las canciones en boga, justamente "El Enterrador" grabado en México por la Columbia y atribuido en la "Atenas Suramericana" al Divino y en Manizales a Victoriano Vélez, reposando en realidad el manuscrito original en Barcelona, sin imaginarse su autor, Francisco Gras Elías, que nuestros paisanos al musicalizarlo lo popularizarían por estos

139

lares, hundiendo en el despecho a quien lo oyera, secuela de las penas del joven Werther, el apasionado personaje de Goethe quien desesperado se quita la vida por un amor imposible.

*La enterraron por la tarde*
*a la hija de Juan Simón,*
*y era Simón en el pueblo*
*el único enterraor.*

*En una mano llevaba la pala*
*y en el hombro el azaón,*
*sus amigos le preguntan,*
*y todos le preguntaban:*

*¿De dónde vienes, Juan Simón?*

*Soy enterraor y vengo,*
*de enterrar mi corazón...*

Romanticismo tardío y contrapuesto al despotismo ilustrado que priorizaba lo lógico, lo objetivo y lo razonable, sacrificándole al escritor, al poeta, al trovador su individualidad, obligándolo a la erudición, a su mecenas y a las reglas, posibilitándole en cambio fantasear, soñar y adentrarse en lo sobrenatural acudiendo a la añoranza, lo patético y la melancolía, condescendiendo con "todo tiempo pasado fue mejor" y recurriendo a lo folclórico, lo popular y los saberes, enalteciendo un sentimiento nacionalista, así como un sentimentalismo personal, decidiéndose los amantes a cortarse las venas, ingerior algún bebedizo o lanzarse al vacio en el Salto del Tequendama al padecer desdén, desengaño o traición, interesado o interesada en que él o ella se enterara de la trágica decisión, oponiéndose Arciniegas a esa sensiblería que tenía al Divino como su heraldo, inventándose el carnaval para exorcizarla.



*Alfonso Garavito*

Arrojándose los aciagos desde una piedra en el acantilado, cerca al Hotel Estación, frecuentado los domingos por señores de sacoleva, y el inflexible sombrero negro de copa dura, y ellas ostentando sus gabanes de pieles importados de Londres, avistando las tragicómicas decisiones de los suicidas, encabezada la comitiva - llegada en tren- por el propio presidente de la república, con despacho en la suspendida mansión propia del Nosferatu de Murnau, entre el velo de las nubes y la bruma del vaho producido por el embate de la torrente chocada ciento sesenta metros abajo.

Acercándose acaso allá los integrantes del sexteto del enano, jorobado y maltrecho de Alfredo Boloña, pues era lugar de obligatoria asistencia para el forastero, así como lo era la iglesia cavada por los obreros dentro de una montaña de sal en Zipaquirá, adonde el joven Carlos Julio Ramírez, cantante de "Los Alegres Muchachos" de Efraín Orozco llevaría a Miguel, Rafael y Siro años antes que José Luis Sáenz de Heredia, con la colaboración de Buñuel, adaptara "El Enterrador" para la banda sonora de "La Hija de Juan Simón" y de Delgrás lo ajustara para su melodrama, conquistando La Habana en época del chachachá, gracias al protagonismo del majo Antonio Molina, excitando a las cubanas de todas las edades, tal vez por los años cuando René Alvarez con "Melodías del 40" le dedica "Tú no me conoces" al enano, jorobado y maltrecho de Alfredo Boloña.

*Jorobado tú no me conoce a mí.*

*Yo conocí un jorobado,*
*que bailaba el chachachá,*
*lo bailaba con María,*
*con Juana y con Caridad.*

*Jorobado tú no me conoce a mí.*

*Tú no me enamora a mí.*

*Jorobado tú no me conoce a mí.*

*El jorobado Boloña*
*es contento y guarachón,*
*cuando ve a una jevita*
*se pone a bailar el son...*

*René Álvarez*

Acaso un par de años antes del derrocamiento de Batista y del ascenso de Castro, motivando además a Rolando Valdés, director de la "Sensación", a grabarlo con La Puta, impresionando tanto el poema de Gras Elias a la treintañera Celia Cruz que, contratada décadas luego por Johnny y el Judío, lo soneaba cada vez que interpretaba "Bemba Colorá", desde su estreno en el Roberto Clemente, cuando respaldada por la "Sonfónica del Bronx" —conducida por Herbert von Karajan, oriundo de Salszburgo-, será coronada "Reina de la Salsa", ratificando esa jerarquía cada vez que se presentaba en El Campín.

# VERÁN QUE SOY HERMOSO


*Damas y caballeros,*
*este es un ritmo que,*
*en Cuba y Puerto Rico llaman guajira,*
*y es muy similar al blues.*

*Ray Barreto*

Entretanto Harlem, allá en Nueva York, dejaba de ser ese arrabal de colonos europeos transmudándose en asentamiento de libertos procedentes de los campos de algodón donde florecía el blues entre el más cruel aprovechamiento laboral y el más sanguinario odio racista, finiquitado por la secta del capirote blanco y la túnica blanca, encendiendo las antorchas en la cruz en llamas para luego incendiar cobardemente los poblados de abuelos y adultos, mujeres y niños, durante la media noche.

Encontrándose allá, en el este del Alto Manhattan que un día será el Spanish Harlem, los emancipados del sur con los primeros puertorriqueños empadronados, como el joven Rafael Hernández, alistado por la guardia neoyorquina para concentrarlo en el destacamento de negros dispuesto a órdenes del ejército francés durante la Gran Guerra, coincidiendo en el fortín con más compatriotas estrenando ciudadanía (confederada) ante la anexión de su isla, a instancias del Tratado de París, y la invasión ordenada por Washington, ocupando también a Cuba, y pronto a la patria de Johnny, situándole un dictador y obligando a los Pacheco Knipping a viajar a Nueva York, residenciándose en el sur del Bronx e impresionado por todo cuanto pasaba en Harlem, marcando su derrotero como persona y como músico.

A su retorno, Hernández, además de fundar el "Trío Borinquén" y el "Cuarteto Victoria", compondrá el "Lamento Borincano", abriendo con su hermana Victoria a una de las primeras disco-tiendas con música antillana del Barrio, tornándose impensadamente, entre las audiciones y la conversa, en centro del pensamiento del buen borincano y a la postre de la identidad del latino(americano). Había sido uno de los trombonistas de la banda del batallón de negros, conducida por James Reese Europe, el primer negro en ofrecer un concierto de música negra en el Carnegie Hall, convencido el teniente que su gente debía interpretar obras y sonoridades propias, como las registradas por la Brunswick, la Columbia y la Víctor en sus catálogos de raza luego de sus exploradores rebuscar elencos y repertorios en los suburbios y en los protectorados (invadidos), sabedores los ejecutivos de lo aliada para el mercadeo que era la nostalgia por la tierra oriunda.

*Eres el bello sueño del mejor poeta,*
*que inspirado en ti se murió soñando,*
*con tu cielo azul y sus verdes campos,*
*tierra del Edén, isla del Encanto…*


*Eddie Rodríguez*


Añoranza conllevada también por los gringos en la "Atenas Suramericana" pero a su manera y por lo suyo, desempeñándose en funciones y misiones distintas para la Casa Blanca o las multinacionales entrometidas en nuestros asuntos, operando por ejemplo el tranvía, encargada su dirección al bestial Míster Martin, pateando a todo empleado quien no agachara la cabeza ante su presencia, extasiándose con las grabaciones de varios de los pioneros del jazz o bailando charlestones y fox-trot en los exclusivos salones del club, transcurriendo en su patria los alegres y locos años del Gran Gatsby- donde además de realizar negocios en ese idioma chocante para los rolos, menguaban su melancolía en estas altitudes colindantes con el Tíbet, programadas algunas por don Ernesto, don Luis o don Manuel Jota en sus gabinetes o en las audiciones callejeras emprendidas por don Manuel Jota en su almacén frente a la entumecedora Plaza de Bolívar, combinadas con arias, bambucos, pasillos, pasodobles, rumbas, tangos y valses.

Entretanto los negros en Harlem exaltaban la lucha por sus derechos, inspirándose en los principios de los treinta y dos activistas citados en el hotel Fort Erie en el borde canadiense de las Cataratas del Niágara, en la propuesta de Marcus Garvey de regresar al África y en la revolución de los obreros rusos, fortalecidos ahora por el éxodo masivo de hermanos procedentes del sur, coincidiendo en el distrito neoyorquino con esos calentanos de hablas castellana, francesa e inglesa procedentes de la curva antillana, entre estos los progenitores de los neoyorricanos gestarán el movimiento salsero liderado por Johnny.

Colmándose las aceras del condado de muchachos de color alardeando sombreros de ala ancha, abrigos de piel de leopardo, cuellos de terciopelo, hombros acolchados y solapas desparramadas, guantes blancos, pantalones de bota ancha y cinturón al ombligo, calcetines de colores y zapatos dos tonos, adelantándose a las pintas pachucas presumidas por el Benny Moré en el Distrito Federal, y luego en las calles de La Habana, y más tarde por los bacanes, los camajanes y los dandis en las esquinas malandras de los viejo barrio, que bastantes son en las urbes del Nuevo Mundo, acreditándose el Benny Bustillo entre los nuestros.

*Del barrio La Mondiola sos el más rana*
*y te llaman Garufa por lo bacán,*
*tenés más pretensiones que bataclana,*
*que hubiera hecho suceso con un gotán.*

*Roberto Fontaina y Víctor Soliño*

Exhibiéndose del mismo modo las muchachas, desfilando sus sombreros cloche, sus peinados bob, los pitillos al roce de sus labios, las boas de plumas alrededor del cuello, los collares de perlas de hilada larga sobre los faldones de cintura holgada, alcanzando las rodillas, al estilo de las actrices del cine mudo, quizá como la Modotti, reconocida hasta en nuestra "ciudad escondida", bailando las flappers rolas el charlestón y el fox-trot en los bailes estudiantiles introducidos por Arciniegas en La Nacho, ignorando tal vez que el trote de zorro era orgullo de la rebeldía negra, de seres como Langston Hughes, nacido en una población cerca de Kansas City atraído desde joven por lo hispánico, o como Manuel Zapata Olivella, próximo a revelarnos a Chambacú como corral de negros, viajando a Harlem años luego tras el poeta de "Yo también canto a América".

*Soy el hermano oscuro,*
*me mandan a comer en la cocina,*
*cuando llegan visitas,*
*más yo me río, y como bien,*
*y crezco fuerte.*

148

*Mañana, me sentaré a la mesa,*
*cuando lleguen visitas, entonces,*
*nadie se atreverá a decirme:*
*"Ve y come en la cocina".*

*Además, verán que soy hermoso…*

*Langston Hughes*

Apelando L. Hughes en su clarividencia a lo heredado, a sus ancestros, a su historia, a su color, a los acentos del blues y de la jerga del distrito, viajando por demás a México, a lo hispano, a la finca de su padre en Toluca y a habitar un apartamento de la familia en el Distrito Federal huyéndole al invierno neoyorquino, relacionándose con lugareños, amigos entre ellos, desde estudiantes en la Escuela Nacional Preparatoria, como El Extranjero de los Corbatones Fastidiosos, agregándoseles Siqueiros, "uno de los tres grandes muralistas que en realidad eran cuatro", protagonista de un episodio memorable en el Sanborns, al desembolsar su pistola disparando las balas contra las cerámicas, mosaicos, losetas y vidrieras del restaurante al ver como los meseros se negaban a atenderlo por estar acompañado de un mulato.

Ese mulato era L. Hughes, tan americano como Washington o como Lincoln, el abolicionista, influyente también en el pensar emancipador del Harlem emergente y consonante con el apogeo neoyorquino que atraía a centenares de terrícolas, fundándose periódicos y revistas a la luz de la prosperidad y a la sombra de los rascacielos, revelando una poética "de piel oscura, sin miedo, ni vergüenza", como el blues.

*Escuché la otra noche en la Avenida Lenox,*
*a un negro tocar un blues triste bajo la penumbra pálida*
*de una vieja luz de gas,*
*balanceaba lentas sus manos de ébano*
*sobre las teclas de marfil haciendo gemir al pobre piano*
*con sus melodías.*
*¡Oh Blues!*

*Langston Hughes*

El blues evolucionaba desde los burdeles de Storyville, abordando los vapores del Mississippi para embarcarse después en los colosales transatlánticos consiguiendo los días y las noches de París y sus vanguardias, interesadas por demás en cuanto acontecía en Harlem y su banda sonora, así como la minorista en La Habana escuchaba al Sabio Ortiz hablar de lo afrocubano como esa energía que vigorizaba el existir del isleño, omitida en su momento por el racismo chapetón y entonces por el segregacionismo yanqui que desconsideraba hasta los actores de raza, engrasando bellas y bufos sus rostros blancos para pasarse por negros, hasta el día cuando Harlem confronta con histriones propios y con su misma dramaturgia a puestas en escena como "El Cantor del Jazz", siendo mal visto que un negro cantara ante blancos como los espectadores de las salas de Broadway, gozando la música negra ya de cierta aceptación e ingresando la mafia a terciar inaugurando cabarés exclusivamente para blancos, pero amenizados por agrupaciones de negros, como el Cotton, conduciendo su orquesta alguien que se hará multitudinario, Duke Ellington, interesándose un cliente del club, un tal George Gershwin,

150

por esa sonoridad de jungla, disponiéndose a navegar rumbo a la isla, estando el "Manisero" de moda en el mundo, para pasar un tiempo entre la nación que originó ese cálido pregonar que popularizará la voz de Machín.

*Maní, maní, manisero maní…*

Devolviéndose Gershwin con el quehacer de "Échale Salsita" en la cabeza y un par de claves más los bongós, el güiro y las maracas en el equipaje, emocionado en colocar estos enseres de percusión en el frente de la filarmónica neoyorquina durante la premier de la obra que estructuraba en su mente, "Rumba", estrenándola en el agosto de 1932, en el estadio Lewisohn, ante dieciocho mil espectadores.

-¡Fue la noche más emocionante de mi vida!, -declararía el compositor de la "Obertura Cubana" inspirada en el son de Piñeiro, a quien el gringo había conocido en la CMCJ al frente del "Nacional", iniciando una amistad que los llevaría durante un par de semanas a distintos lugares.

-Sin pegar ojo, -diría el ñáñigo compositor de "Échale Salsita".

Habían caminado el Barrio Chino, Jesús María y Pueblo Nuevo, entre otros repartos, presentándole tal vez al enano, jorobado y maltrecho de Alfredo Boloña, el mismo quien para conducir su sexteto se paraba encima de un cajón que trasteaba a todos los estaderos donde se presentaba.

# ¡AY NEGRA, SÍ TU SUPIERA…!



Era el espíritu negrista de época recorriendo Occidente, arrollando el son desde las encerronas con su castellano oscurecido, entre el modernismo de Rubén Darío y un romanticismo remiso, fundido en la habladuría del afrodescendiente y en los cantos de los libertos al ritmo de los tambores y la marejada feliz ocasionada por el remeneo corporal de los negros y negras, de los mulatos y mulatas: al andar, al danzar o al trabajar, acentuando las formas y los gestos, retomándolo Guillén en sus versos.

*Ya yo me enteré, mulata,*
*mulata, ya sé que dise*
*que yo tengo la narise*
*como nudo de cobbata…*

Aconteciendo que Guillen era uno de los minoristas sin serlo, conversando sobre lo arcaico y lo moderno, lo divino y lo humano, lo cubano y lo negro, alrededor del Sabio Ortiz, concientizándose sobre lo suyo, lo hecho por sus antepasados en las luchas libertarias, en el interés de los ingleses en acabar el esclavismo, en el ideario marxista que motivará a Julio Antonio a gestar el partido socialista meses antes del sexteto del enano, jorobado y maltrecho de Alfredo Boloña navegar hacia Suramérica, hablándose del negro en la isla, igual a como en (la) Tierra Firme se discutía el indigenismo, exterminados los caribes, siboneyes y tainos en "la curva de suspiro y barro", aquellos nativos que el genovés describió: "muy bien hechos, de muy fermosos cuerpos y muy buenas caras, son la mejor gente y más mansa del mundo".

Entretanto la vieja Europa se ensombrecía con la animosidad aullada por la bestia del crin engominado y bigote de cepillo vociferando regenerar a los arios, proponiendo la eliminación de comunistas, débiles, dementes, deformes, delincuentes, discapacitados, gitanos, homosexuales, locos, negros, pedófilos y perezosos, llegando el instante cuando Gramsci -padeciendo los dolores físicos y psicológicos que acarreaba su condición de jorobado- escribe: "El viejo mundo se muere, el nuevo tarda en aparecer y entre ese claroscuro surgen los monstruos". Es el lapso también cuando el joven Carpentier firma en La Habana el manifiesto minorista que emputará a Machado ordenando este arrestarlo, sin imaginarse el dictador que el novel prosista escribirá su primer manuscrito de algún aliento hallándose recluido, como siglos atrás Cervantes Saavedra engendrará "El Quijote", tratando justamente esa sociedad secreta que el Sabio Ortiz ilustraba contraviniendo a quienes chismorreaban propagando que los brujos ñáñigos, en sus ritos nocturnos, se despellejaban colgando las pieles en cuerdas para remontarse luego sobre la resplandeciente metrópoli, situando beneficios sobre los venturosos, porque no siempre las "cosas malas" eran contactadas para ocasionar daño, provocándoles hasta la muerte a los maliciados, sino el bien, ligando a amantes, por ejemplo.

Época además del "Sóngoro Cosongo", uno de los motivos de Guillén, escuchado años después pero al estilo de Lavoe y producido por el Judío, retirado Johnny ya de la sociedad, promocionado en la "ciudad escondida" por Hozzman y difundido por el Viejo Mike en su "Show de la Jirafa Roja", ignorando la gran mayoría que esa extraña y jugosa letra la inspiró el poeta durante la juventud de Carpentier, en plena era dorada del son, en la cumbre del sexteto del enano, jorobado y maltrecho de Alfredo Boloña, aprestándose Eliseo Grenet a organizar su jazz band, la misma que presentará en París, contribuyendo a popularizar aún más al negrismo y a esa tonada que mi madre tarareaba en su guardilla, cosiendo o pintando, imaginando tal vez a negros tomando café en algún caney o a la misma Rita Montaner cantándola en el Palace de cara al piano que tecleaba.

*Ay mamá Iné, ay mamá Iné,*
*todo los negros tomamo café...*

Un estribillo que seguramente los fundadores del "Sexteto Tabalá" auscultaron en el Central en la versión del "Habanero", grabado en los discos importados por los Vila, o coreado por los macheteros guajiros de la plantación, originado -según el Sabio Ortiz- al interior de una comparsa de Las Villas emparentada a un ingenio, logrando ese eco a las sabanas de Bolívar, a la depresión momposina, a la provincia de Candelario, precursor del negrismo a finales del Diecinueve y habitante de la "ciudad escondida", guareciéndose de cualquier resfrío con la bufanda ceñida al caer la tarde buscando un céntrico estadero para recitar sus versos.

*¿Quieren la guerra*
*con lo cachacos?*
*Yo no me muevo*
*re aquí e mi rancho...*

Descubriéndose, entre las luces amarillentas de los faroles, a más de un capitalino guarecido tras su capa negra, a la usanza de los hidalgos de tiempo de la colonia, cuando en las minas de carbón y sal del altiplano explotaban guineanos esclavizados, dispuestos a fugarse de la crueldad y el frio en búsqueda del palenque de (Guayabal de) Síquima, levantado a cien kilómetros -en región agreste, boscosa y panche- salvaguardándose del sanguinario chapetón y su descendiente criollo no menos cruel, inmolándose Candelario una noche triste, sin estrellas en el cielo, dieciséis años antes de finalizar el siglo, acompañando El Divino las honras fúnebres, escasamente asistidas, dedicándole unas palabras ante la tumba sobrevolada por la anciana mujer de la sombrilla verde aceituno.

*Trite que etá la noche,*
*la noche qué trite etá,*
*no hay en er cielo una etrella,*
*remá, remá...*

*Candelario Obeso*

# LA CIUDAD TRISTE



*Las ciudades invisibles son un sueño
que nace del corazón de las ciudades invivibles.*

*Ítalo Calvino*

El sexteto del enano, jorobado y maltrecho de Alfredo Boloña arribaría a la "Atenas Suramericana" días después de celebrar su quinto carnaval, fantaseado por Arciniegas para ahuyentar la tristeza aldeana, desconociéndose el motivo, frívolo o profundo, comercial o esotérico, por el cual los ñáñigos comparecieron por estos domicilios, oyéndose aún en el altozano de la Plaza de Bolívar la poesía de Candelario, acostumbrado a concurrir al Botella de Oro a tomar el chirrinche servido en taza de barro e incomodando con su postura de calentano y negro a los rolos reunidos a la sombra de la Catedral, "arreglando el país" a punta de lengua.

Encontrándose Pellicer en París para ese momento sonero, entrecortada la correspondencia del mexicano con Arciniegas y gracias a Ingenieros, autor de ese manuscrito que el profe Del Real nos exigirá leer en la secundaria, y convencido el propio Arciniegas, como los restantes Pétalos Mustios, en reformar la educación superior, motivado desde el día cuando apareció entre ellos, los estudiantes de la mesa redonda, ese ejemplar de "La juventud argentina de Córdoba a los hombres libres de Sudamérica", exigiendo los jóvenes se les reconociera el derecho a ser representados en los cuerpos universitarios por ellos mismos. Corría el año cuando Pellicer conoce a la "ciudad escondida" y tres años después que el enano, jorobado y maltrecho reuniera su "Agrupación

Boloña", promovida quizá por la bella Hortensia Valerón cuando Alfredo Boloña integraba, como bongosero, al elenco que originara al "Habanero", promocionado en principio por la Columbia y luego por la Víctor en La Habana, así como era conocido en Cartagena de Indias y en Sincerín y en Los Pepines, el vecindario de Santiago de los Caballeros, entorno de Johnny hasta sus once marzos, consiguiendo esas grabaciones el gabinete de los Duperly y la miscelánea de don Manuel Jota en la urbe fiestera rememorada por don José María Cordovez Moure.

*Rosa, qué linda eres,*
*Rosa, que linda eres tú...*

Gerardo Martínez

Adivinando que fuera don Ernesto, en su condición de agente de la Víctor, quien en principio abasteciera a don Manuel Jota, acaso el primer discómano capitalino en promocionar esas grabaciones, de géneros distintos, importándolas después, colocándolas en el plato del fonógrafo dispuesto en la puerta de ingreso a su almacén en el Edificio Liévano, orientada la corneta hacia la Plaza de Bolívar y mirando cómo se aglomeraba una multitud de peatones atraídos por la música irradiada desde ese grotesco aparatejo parecido a un basilisco, sin faltar aquel quien mascullara que esas voces eran el demonio mismo vociferando a través de ese artefacto que solo los pudientes podían adquirir durante las audiciones en el salón de sillas bistró y satén aterciopelado acondicionado al interior del local, observando los invitados a don Manuel Jota presentar cada pasta poniéndola en el tornamesa, pinchándola luego con la aguja y oír sorprendidos el sonido y las voces fluyendo misteriosamente, ilusionado con algún día montar su emisora, que será La Voz de La Víctor, asesorado por los técnicos gringos para su puesta en antena, que sucederá con cientos de parroquianos reunidos en la Plaza de Bolívar para oir la emisión inaugural por los parlantes instalados en el mismo Edificio Liévano, bien trajeados como de costumbre pero arropados, los opulentos por abrigos, uno que otro por capas, tal vez Arciniegas entre ellos, los funcionarios del estado con sus trajes de funcionarios del estado y la plebe por ruanas deslustradas.

## LO MÁS SENSACIONAL

*En marzo volvieron los gitanos.*
*Esta vez llevaban un catalejo y una lupa del tamaño de un tambor,*
*que exhibieron como el último descubrimiento de los judíos de Ámsterdam.*
*Sentaron una gitana en un extremo de la aldea*
*e instalaron el catalejo a la entrada de la carpa.*
*Mediante el pago de cinco reales, la gente se asomaba al catalejo*
*y veía a la gitana al alcance de su mano.*
*"La ciencia ha eliminado las distancias", pregonaba Melquíades.*
*"Dentro de poco, el hombre podrá ver lo que ocurre en cualquier lugar de la*
*tierra, sin moverse de su casa".*

*García Márquez*

Acaeciendo que don Ernesto era de los contados aldeanos admitidos en el Americano dada su condición de ciudadano británico, de persona angloparlante, de agente de las (motocicletas) Davis, de la Ford, de la Kodak y de la Víctor e importador además de las bombillas del alumbrado público reemplazando a las velas de sebo colocadas en los faroles, esparcidoras de ese hedor maloliente que rondaba en la noche, porque en el día era cierto olorcillo a orines el circulante, principiando los tranvías eléctricos a unir al centro con Chapinero en el norte, transitando aún los vagones tirados por bestias cagándose sobre el pavimento, padeciendo además los capitalinos la suspensión temporal de los servicios públicos, interrumpiéndose el agua, la energía y las llamadas telefónicas operadas a la voluntad de la telefonista.

Era época cuando casi todo se fabricaba en el extranjero: los alfileres, la botonería, las cachuchas, las capas, los cepillos, el cristal de Sajonia, los cubiertos, los discos, los espejos, los gramófonos, el jabón de Marsella, los lentes, las máquinas del Imperio Perdido de Tartaria, las pianolas que embobaban a los rolos mirando embobados cómo reproducían música sin nadie tocarlas parecidos a José Arcadio en Macondo, los paraguas traídos de París o de Londres, los rollos de papel importados del Canadá o Suecia, adquiridos por Arciniegas para editar las revistas que menguaban su herencia, las sillas de Viena, los trajes de Londres, los zapatos y muchos más enseres, transportados la mayoría por don Ernesto, la versión formal de Melquiades, trayendo todo cuanto la Revolución Industrial producía o ideaba, como esos cuatro automóviles que transitaran un día la Avenida de la República, entre la Plaza de Bolívar y San Diego.

-Aquello fue lo más sensacional que mis ojos vieron, -confesaría Arciniegas a su biógrafo Cacua Prada, fundamental para este divertimento en fuente garamond.

Encargándole Reyes a don Ernesto la traída de ese Cadillac que señorial lo transportaría a lo ancho de la "Atenas Suramericana" en funciones presidenciables, así como a lo largo de la única carretera, la Central del Norte, comunicando a la capital con Santa Rosa de Viterbo, aunque en veinte años de construcción solo transitada por vehículos hasta Sopó, mientras las vías restantes eran los caminos de herradura y piedra abiertos por el instinto de las bestias, el trabajo de los presos o la sapiencia de los indígenas.

# LA BALADA DEL MAR NO VISTO

*Un hombre cuenta sus historias tantas veces*
*que al final él mismo se convierte en esas historias.*

*John August y Tim Burton*

Aconteciendo que la "ciudad escondida" que acogería a esos seis negros venidos de una metrópoli a orillas del Atlántico era habitada por seres quienes en gran mayoría jamás conocerían el mar, pese a ser la capital del único país en Suramérica con costas en el Atlántico y el Pacifico, entre ellos Marroquín, entregado en su castillo en Yerbabuena a componer poemas y disparates, como ese genial que solazará a García Márquez recitándolo con regocijo cada vez que le daban papaya.

*Ahora que los ladros perran,*
*ahora que los cantos gallan,*
*ahora que albando la toca,*
*las altas suenas campanan...*

Sin percatarse el presidente que la Casa Blanca confabulaba para apoderarse del istmo, provocando desde Wall Street la crisis secesionista, financiando a los separatistas, hostigando con sus acorazados en nuestros mares, dirigiendo los cañones del Nashville hacía ese Colón que Arciniegas conocerá a sus diecinueve diciembres acompañando a su padre enfermo rumbo al Hospital Central de Panamá, edificado por los gringos en el Cerro Ancón, divisándose desde su cima, tanto a la Ciudad de Panamá como al extenso

Pacífico, imaginándose más allá del horizonte a las Filipinas, Guam y Hawái, tal vez el mismo repaso en lontananza de Balboa El Bizco vislumbrando el Mar del Sur por vez primera.



La Casa Blanca, astuta y graciosa, prefirió ofertar por el istmo -de manera parecida a cómo acabaría adquiriendo Alaska al Imperio Ruso, Luisiana a Napoleón y Nueva York a (los holandeses y británicos)- que irrumpir con su infantería entre la vasta geografía de ciénagas, montañas y selvas pese a su aventajado poderío en el Mar de las Antillas, mientras invadía la mitad del territorio que fuera la Nueva España en Norteamérica, resultándole más conveniente comprar Panamá que enviar marines, dejándolos para ocupar Cuba, Puerto Rico y la antigua Española, como sobrevendrá, cayéndole del cielo esos dólares a Bogotá, ignorando cuánto dilapidaba cediendo el istmo, inexistiendo además razón política para irrumpir con tropas, Washington sabía de la bancarrota de la naciente república, sumergida en otra de las treinta y dos guerras del coronel Aureliano Buendía, fuera de la inferioridad absoluta de las Fuerzas Armadas y del desgobierno de mandatarios interesados más en el buen escribir y el buen hablar de sus gobernados, ingeniándose hasta simpáticas rimas para enseñar ortografía, que cuanto sucedía en el orbe.

*Con v escríbanse válvula, vaca,*
*vanagloria, vitrola, vasija,*
*vaticinio, varar y vedija,*
*vegetando, valor, vacilar...*

*José Manuel Marroquín*

164

Entretanto Arciniegas perdía a su padre, rechazando la cirugía el cuerpo de don Rafael, acarreándoselo la anciana mujer de la sombrilla verde aceituno durante la intervención y forzando la fatalidad a la viuda y a su primogénito a regresar con el cadáver en aparatosa procesión: tren de Ciudad de Panamá a Colón, buque de Colón a Barranquilla, vapor de Barranquilla a La Dorada, tren de La Dorada a Beltrán, vapor una vez más de Beltrán a Girardot y finalmente tren de Girardot a la capital, llegando los Arciniegas Angueyra con el féretro a honrar el difunto un día de lluvia tras peregrinar veinte días con el ataúd a cuestas por aguas en distintas temperaturas y tierras en diferentes climas.

-Aconteciendo esa desgracia familiar cuando en Bogotá lloviznaba a cantaros todos los días, muriéndose de frío la gente como para no perder la costumbre, pero avivando a los hacendados a guarecerse en los cafés cercanos a la Plazoleta del Rosario durante las tardes y a los intelectuales en el Windsor al ingresar la noche, sin hallar mesa desocupada, era el estadero de los solitarios sin despojarse el sombrero, saboreando un tinto o degustando el sifón a la espera que el partido liberal asumiera el poder, criticando la hegemonía conservadora, arrejuntándose de a seis contertulios en las mesas para cuatro, servidos por meseros hábiles sin derramar gota alguna de los vasos conteniendo la cerveza espumosa, -contará Arciniegas a sus lectores años después.

Revelándonos que pronto él y sus amigos se agregaran a ese círculo de bohemios, tanto para enterarse aún más sobre que se leía en París, Londres, Nueva York, Madrid, el Distrito Federal, Buenos Aires o La Habana, como para escuchar a poetas como Gregorio Castañeda Aragón.

-Nos sentábamos con Gregorio en una mesa con vista a la calle, era medroso y conservaba siempre el aire del hombre recién llegado de una ciudad con un mar desconocido para la mayoría, venía de Santa Marta, impregnadas sus ropas con la sal y el yodo rastreados por la brisa. lo escuchábamos como se oyen los cuentos de Simbad, el Marino, conociendo muchos, de esa manera, el mar, en el Windsor, -contaría Arciniegas, miembro de esa comunidad de despreocupados que todos los días, desde las cinco, y todos los domingos, de una a siete, se reunían en ese estadero situado en los sótanos del Franklin, diagonal al Granada, sobresaliendo entre ellos los primos Lleras: Alberto y el Chiquito Carlos, mandatarios después, y el malogrado Jorge Eliécer Gaitán, el único con efectivo siempre en los bolsillos, invitándolos a comer panelitas en La Pola, frente a la Iglesia de Santa Clara y de la facultad de derecho de La Nacho.

-Para entonces, León ya había compuesto La Balada del Mar No Visto con la nostalgia del marinero condenado a vivir en el corazón de la montaña, dando oídos a los relatos de sus abuelos arribados del Báltico.

# DESDE LAS ALTURAS



*El tiempo empezaba a volar no solo en Bogotá,*
*sino en todo el país con la nueva década,*
*los hidroaviones de la recién fundada Scadta,*
*que volaban desde Barranquilla hasta Girardot,*
*miraban las ciénagas y las selvas del Magdalena*
*como las veía Dios: desde las alturas.*

*Consuelo Sánchez*

Pronto, arrastrados por la enfermedad del olvido, quedarán los días cuando los independentistas de color eran asesinados y las fechas cuando Mayito Menocal -delfín presidenciable, heredero de ingenio en Camagüey y con estudios universitarios en la Confederación- lleva al Vedado Tennis Club al ven-tú formado entre los apaches congregados en el caserón de Zanja y Dragones, festejando la vida como guareciéndose de la persecución de las autoridades republicanas, sin presagiar que lo guisado adentro determinaría cuanto vendrá en la asignatura sonera como en la materia salsera que nos incumbe.

Un ensamble, ese juntado, basado en el "Cuarteto Oriental" con Alfredo Boloña en la plantilla pero diferente a aquel que grabara en el Inglaterra para la Víctor, reseñado cómo registro histórico y sin nuestro enano, jorobado y maltrecho participando como bongosero y agrupación promocionada con el nombre de "Sexteto Habanero Godínez", haciéndose tan nuestros algunos de sus sones que los bolivarenses creían que Rosa, la protagonista de "Rosa que linda eres", era oriunda de La Mojana, relegándose que este son fuera importado por los cubanos laborando en las obras civiles de Cisneros o en las plantaciones de los Vila o llegado entre las pastas traídas por los mismos empresarios para animar sus jaranas en el Central, oyéndose en alguna de esas grabaciones la voz prima de Corona, la segunda de María Teresa Vera y la tercera del Sinsonte, acorde al manuscrito de Blanco Aguilar en letra garamond que Villegas me obsequiará indagando sobre el son y los soneros caribeños y puesto en duda por Reyes Fortún en algunos pormenores.

Entretanto, más estaderos de la alta sociedad habanera se animaban, debido al florecimiento del son, a consentir la entrada de ese ritmo negro a sus deslumbrantes salones fomentado por la Brunswick, la Columbia y la Víctor, aunque sus intérpretes ingresaban por la puerta posterior, junto a los aseadores, caddies, camareros, cocineros, jardineros, mecánicos, meseros, recogebolas y demás servidumbre, eran negros y eran músicos y eran pobres como los moradores del Solar de la Lipidia, uno de los tantos lugares donde también se fraguaba esa métrica que enaltecerán Piñeiro y Arsenio, uniéndose guitarristas, maraqueros y marimbuleros orientales a los tamboreros habaneros, oyéndose décimas castellanas entre los coros ñáñigos afincados por la clave pulsada en las cucharas y en el redoble en los cajones de bacalao, cumplida el jornaleo en los muelles o tal vez vendiendo viandas en las calles al frente de las carretas, anunciándolas mediante pregones.

*Frutas, quién quiere comprarme frutas...*

*Félix B. Caignet*

O alquilados para labores domésticas en las mansiones de la aristocracia o la burguesía escuchando los danzones de Antonio María Romeu fluyendo de los fonógrafos o dando oídos a esos sones grabados que bastante diferentes sonaban a cómo los abakuás los repicaban en las encerronas o como los ejecutaban en sus solares el "Alma Tropical" o el "Física Popular", durando un canto-respuesta "hasta el lunes", igual a cómo el Sabio Ortiz y los jóvenes Carpentier, García-Caturla y Roldán lo experimentaron cuando fueron tras su búsqueda, percibiéndoselos: genuinos, primitivos, silvestres, sin pasar por los estudios de grabación, sin la manipulación industrial. Es decir: arreglados, ensayados, grabados, mezclados, masterizados, prensados, cortados y supervisados por los técnicos yanquis deliberando en inglés.

*Con tanto inglé que tú sabía,*
*Bito Manué,*
*con tanto inglé,*
*no sabe ahora desí ye...*

*Nicolás Guillén*

Era tal el auge que, con cada nuevo amanecer, más sextetos se formaban en los repartos habaneros y en la isla, uniformándose sus integrantes al estilo de los miembros de las danzoneras y las jazz band, ataviados de sastres de lino claro preferentemente y calzando zapatos de cuero o chapines de dos tonos como los lucidos por los golfistas, pero sobre todo modelando panamás a la manera de los gondoleros venecianos, presumidos también por los temidos curros del Manglar: guapos de dientes afilados, pañoletas de colores, trenzas largas, trajes coloridos y puñal en el pañuelo. Eran los canotieres,

169

símbolo de una nueva era, liberadas las mujeres de los corsés que las sometían, como ese bonete que reluciera la Coco Chanel en el hipódromo de Suresnes antes de la gran guerra inquietando París, exponiéndolo junto a los faldones inspirados en las batas de las negras algodoneras y a los pantalones de uso privativo de los hombres, permitiéndole a la modista ingresar al escalafón de las personalidades más influyentes del siglo, distinción inestimada para Johnny pese a merecerla, tal como el enano, jorobado y maltrecho de Alfredo Boloña le vale un sitial sobresaliente en el panteón del son.

*La rumba se ha formado,*
*en el patio del solar,*
*vengan los rumberos,*
*tiene el tumbador,*
*un golpe arrollador,*
*los cueros redoblan,*
*el quinto llama,*
*oye mi inspirador,*
*como entona un guaguancó,*
*que dice así:*
*ahora sí, la rumba esta buena...*

*Alfredo Boloña*

# LA AZÚCA DON FERNANDO, LA AZÚCA!

*Una historia escondida*
*en el subfondo de las almas gemelas*
*de La Habana y Cartagena de Indias.*

*Manuel Zapata Olivella*

Acaeciendo que, en Cartagena de Indias, convivía la dinastía Vila, allegada a don Nicolás Daníes, asociado a las Galerías Arrubla en la "Atenas Suramericana" y comerciante de Curazao establecido en Riohacha, desempeñándose como vicecónsul de la Confederación, dueño además de considerables dominios y propietario de un trapiche, siendo mulato de aspecto blanco, representado en la capital por su yerno, el ingeniero Indalecio Liévano Reyes, autor de textos de algebra y matemáticas, profesor de La Nacho, director del Observatorio Astronómico y ponente del tendido del ferrocarril de la capital a Girardot y tras el incendio del imponente centro comercial contratante de Gastón Lelarge para edificar, en el mismo predio, el inmueble que un día será la Alcaldía Mayor de Bogotá, operando don Manuel Jota ahí su gabinete de discos y gramófonos, hospedándose Pellicer durante un periodo en una de sus mansardas y reinaugurando ahí, un día de aquellos, el ingeniero Liévano Reyes su prestigioso Almacén del Día, donde los cachacos -entre ellos muchos costeños mimetizados a la usanza rola, como el general Dávila y el juez Oviedo-, compraban los trajes de moda en Londres, expuestos en las vitrinas junto a joyas y a los sombreros igualmente importados y a las máquinas de escribir, entonces un sorprendente traste.

171

El ingeniero Liévano Reyes estaba casado con Margarita Daníes Kennedy, viuda de Dionisio Epifanio Vila de la Barreda y protagonista de una crónica escalofriante que años después contará Fernando Araújo Vélez, descendiente de esa casta heredera de la hacienda San Agustín de Toro Hermoso, exportando sus bovinos a Cuba y haciendo de sus dueños el clan más poderoso de Cartagena de Indias y de la Costa, con influencia en la misma capital dada su cercanía, primero a Núñez y luego a Reyes, habitando la isla de Manga como la mayoría de la renovada élite de la antiguamente cuarta ciudad de La Gran Colombia tras Santa Fe, Quito y Caracas. Ostentando como estirpe de navegantes de una flota de buques marítimos para trasladar las reses al espacioso Caribe y de una flotilla fluvial para transportarlas a Honda y después a Beltrán con destino a la "ciudad escondida", remontados el Canal del Dique y el Gran Río y fundado el Club Cartagena, impulsado por don Fernando Vila con el ánimo de celebrar sus asociados la prosperidad lograda y finiquitar contratos, organizando bailes pomposos en sus lujosos salones, amenizados en principio por estudiantinas intérpretes de bambucos y danzones, contradanzas y valses, como la "Lorduy", agrupación de los propietarios de la más importante funeraria, y luego por jazz-bands formadas por algunos de los músicos de los sextetos clasificados por Muñoz en su ensayo sobre la existencia de sextetos de marimbula en los vecindarios negros, tantos como en La Habana misma, entre esos "La Flor de Cuba" del Barrio Pekín, orientado por el cubano José Mazo, machetero del Central o tal vez de cualquier de los otros ingenios en el otrora Estado Soberano de Bolívar, finalizando su vida laboral manejando uno de los camiones recolectores de basura.

Pero como no hay dicha completa, una de las treinta dos guerras promovidas por el coronel Aureliano Buendía arruinaría el ministerio de hacienda forzando al Palacio de San Carlos a gravar las exportaciones de ganado debido a la inflación causada, afectando un comercio nervioso ya con el desabastecimiento de mamíferos al mercado panameño a causa de la interrupción de las obras en el canal que dirigiera Ferdinand de Lesseps, consumiéndose allí más de mil seiscientas reses por mes hasta la suspensión. Y perjudicados además los Vila por el fin de la guerra emancipadora y la prohibición de la tauromaquia en Cuba, ordenada por Washington previniendo revueltas contra su ocupación, afectando el embarque de los toros de lidia de Aguas Vivas, hierro del linaje costeño, existiendo en La Habana tantas plazas de toros como salones de baile, referenciado que uno de los cosos se situaba en inmediaciones de la casa-cuna donde fray Gerónimo Valdés prestaba compasivo su apellido a los huérfanos fecundizados durante los "pecados de amor" de las damitas blancas de la sociedad, saturándose la villa de mulatas y mulatos bautizados Valdés.

Ante unos y otros avatares don Fernando Vila Daníes se establecería en la isla -junto a su esposa, Helena Pombo, de los Pombo cartageneros, y sus dos hijos-, un par de años antes de empezar el siglo obligado por la realidad nuestra y las oportunidades que el clan entreveía, experimentando allá el alarde urbanista de La Habana Nueva, edificada sobre el Campo de Marte, relatando María Teresa Ripoll de Lemaitre la experiencia del cartagenero y su ascendencia en La Habana, cuando una noche, acudiendo a una función de ópera en el Gran Teatro Tacón y maravillado de la magnificencia de la señorial obra, inexistente en la "Atenas Suramericana", le preguntó al cochero cómo había sido posible tanta suntuosidad, respondiéndole el carretero pero enfatizando con la sabrosa entonación de la gente de su tierra:

-¡La azúca don Fernando, la azúca!

# EL CENTRAL

*Llegar a las tres de la mañana,*
*cómo me ocurrió a mí por percances en el viaje,*
*y encontrar al ingenio en plena actividad,*
*con su masa colosal e imponente,*
*profusamente iluminado por centenares*
*o miles de focos eléctricos,*
*y con un ruido atronador de catarata, es,*
*-para él que va de aquí de Bogotá,*
*acostumbrado al andar de las mulitas*
*y a nuestras moliendas liliputienses-,*
*cómo si de pronto y por arte de encantamiento,*
*cómo dijera Don Quijote,*
*se le tornara en realidad algún cuento*
*de Las Mil y una Noches.*

*Antonio Samper Uribe*

En consecuencia, los Vila emprenderían derroteros más rentables invirtiendo en la industria azucarera que tan distinguida hacía a la aristocracia cubana, optando por ese feudo en Sincerín para construir el ingenio a cincuenta kilómetros de Cartagena de Indias y a novecientos noventa y nueve de la "ciudad escondida", en una orilla del Canal del Dique y colindando con los Montes de María, refugio de los cimarrones comandados por Benkos Biohó, mutados por la civilización en descamisados y descalzos, pero también en beisbolistas como Abel "El Tigre" Leal, en boxeadores como "Kid Pambelé" y en músicos de porros y fandangos como Pedro Laza, de cumbiamberas como Toño Fernández, de bandas salseras como el Michi Sarmiento, de conjuntos de acordeón como Lisandro Mesa, de grupos de bullerengue como Petrona Martínez, de jazz band como Lucho Van Bermúdez y de sextetos de marimbula como los Cañate, los Cassiani, los Salgado, los Simanca y los Valdés.

Comenzando los iletrados palenqueros y los demás aldeanos a divisar en el paisaje, de la hacienda San Agustín de Toro Hermoso, la elevación de la brillante chimenea de acero, alcanzando los treinta y dos metros de altura al concluirse, avizorada con el desembarco de esas enormes cajas de madera descargadas por negros desde los vapores de la naviera de los Vila, apostadas luego en los vagones del tren atravesando la plantación y sobre las mismas carretas tiradas por bueyes hasta un lugar a cuatro kilómetros en el centro del feudo donde serán desmontadas, irrumpiendo de su interior un bestiario mecánico nunca antes visto por los lugareños, "piezas de monstruos de cemento y hierro a los que solo les faltaba rugir", ordenados ahora por forasteros blancos compartiendo en una lengua parecida a la voceada por los místeres vistos en sitios recientes de Cartagena de Indias extendiendo el tendido eléctrico.

Como los distinguidos en otras ciudades como la capital de la república, adonde arribará don Carlos Vila Daníes -"impecable como de costumbre, con el bigote perfectamente cortado, ese olor a limón que le antecedía adonde llegaba y engreído por sus tabacos cubanos"- un día de la siguiente década a posesionarse como ministro de Defensa y Guerra del presidente Ospina, quizá un par de años después de la hija del mandatario, Elena, ser elegida reina del carnaval liderado por Arciniegas y sus camaradas, entre ellos el Costeño Sourdis —miembro del Club Social Costeño en época futura de "La Hora Costeña" y pretendiente a la presidencia en periodo del Frente Nacional-, cumpliendo el Central para ese encargo dado a uno de sus socios un cuarto de siglo de existencia, asentados los sextetos de marimbula desde Barranquilla hasta más allá de Murindó.

***

Después de dos horas de marcha en el ferrocarril (Cartagena-Calamar) llegamos a Soplaviento, caserío situado sobre el Canal del Dique esperándonos el vapor Velda, perteneciente al Central Colombia, en el puerto y en el cual hicimos durante una hora y media la bella travesía del Dique hasta un lugar en donde, cruzando a la izquierda, el viajero (era) sorprendido por la magnitud de un canal de 900 metros de largo, 25 de ancho y 3 de profundidad, el cual, abierto sin auxilio de dragas y sólo con barras y palas, llega a un punto en donde se ha construido el puerto artificial, y en el cual, cuando nosotros llegamos, se encontraban amarrados un vapor, cuatro goletas de dos palos, tres o cuatro grandes bongos y media docena de canoas, escuchándose el pito de las locomotoras y viéndose una extensa carrilera con sus cambiavías, en medio de una multitud de trabajadores sanos y robustos.

Allí tomamos un carro de ferrocarril y después de recorrer un kilómetro de vía y tres de campos cultivados de cañas llegamos al batey, algo así como la plaza central del ingenio, pues a sus costados, midiendo 400 metros (lineales) cada uno y (cruzado) por vías férreas en todas (las) direcciones, se (levantaban) no pocos edificios de variadas dimensiones y formas, (irguiéndose majestuoso) en su costado sur el edificio (y la chimenea) de acero que (media) 120 metros de largo x 50 de ancho y 32 de elevación, albergando a (la) grandiosa maquinaria puesta en movimiento, (escuchándose un) ruido profundo y sordo, sobre todo en altas horas de la noche, (invitando) al ánimo a soñar y meditar.

177

En los otros costados del batey se (levantaban) las oficinas del telégrafo y (del) teléfono, el mercado, el matadero público, la oficina de la policía, el almacén de telas y víveres, casas para empleados (veinte habitaciones con sus baños), casas para trabajadores, la farmacia, el hotel (sesenta habitaciones con baños individuales), la casa de los empresarios y otras destinadas a diversas diligencias, gozando de luz eléctrica (1000 focos incandescentes y 200 focos de arco) y de (un) acueducto de dos y medio kilómetros, (teniendo) sus habitantes un hospital que ofrece los cuidados y atenciones de un médico competente, (además) de drogas, todo (suministrado) gratis.

Rufino Cuervo Márquez

***

Contando justamente Rafael Cassiani a La Ríos y a Stevenson de las celebraciones en esa casa de los empresarios mencionada por el cachaco Cuervo Márquez, hermano del general Carlos Cuervo Márquez, nieto del tercer presidente de la Nueva Granada y sobrino de don Rufino José, el célebre filólogo quien elaborara la gramática latina junto a Caro sentando algunas de las bases de la moderna lingüística.

-Don Carlos (Vila) realizaba grandes fiestas en su casa en el Central, invitando gente de la clase alta de Cartagena, asistiendo muchas mujeres y trayendo bastante licor para las largas parrandas animadas por grupos de la región, -contaría el cantante y clavero del "Tabalá", hombre de confianza de don Dionisio Vila y descendiente de los precursores del "Sexteto Habanero Palenquero", todos trabajadores del Central.

Celebraciones que, dado el auge del son habanero y las relaciones de los Vila con la isla, incluían en sus repertorios canciones cubanas prensadas en las pastas acarreadas desde La Habana, adquiridas en el almacén y ferretería Humara y Lastra, agencia de la Víctor en Cuba, como en los gabinetes de las otras disqueras, oídas las grabaciones en la isla entera y aprehendidas por don Luis Bacallado -el ingeniero y guitarrista contratado para supervisar la operación del ingenio y quien cada vez que podía organizaba fiestas con sus compatriotas, entre ellos el bongosero Pepe García- y por los guajiros traídos de las provincias de Orientes para sembrar y cosechar las mil toneladas de azúcar en inmediaciones de San Basilio de Palenque, enseñando a los Cañate, los Cassiani, los Salgado, los Simanca y los Valdés tanto a machetear el monte como a interpretar esos sones, rumoreándose en la Costa entera que el ingenio traería trabajo y dinero al arruinado y empobrecido pueblo de Bolívar.

*Todo Colombia, tu tambo,*
*en Malagana, tu tambo,*
*en Arboletes, tu tambo,*
*alla en Moñito, tu tambo,*
*en María La Baja, tu tambo,*
*tambo, tambo, tu tambo.*

*Sonia Basanta*

Aprendiendo además músicos en Cartagena de Indias y en Acandí, Apartadó, Arboletes, Arjona, Calamar, Los Córdoba, Puerto Escondido, San Antero, San Juan del Urabá, Sautatá, Soledad, Turbaco, Turbo y más plazas donde germinaban sextetos de marimbula para alegrar los bailes de sexteto -logrando el "Sexteto

Habanero de Palenque" las parrandas del Central- concurridos por los Araújo, Benedetti, De La Espriella, Emiliani, Grau, Gutiérrez de Piñeres, Lemaitre, Pareja, Pombo, Román, Santodomingo, Zubiría y el resto de los Vila que eran un montón y entre esas raleas numerosos cachacos y no menos rolos, leyéndose los nombres completos de los susodichos en el directorio telefónico cartagenero, reflejo de quienes gozaban de prosperidad, cuando poseer un teléfono y favorecerse de una línea era privilegio de sobrados, rematando Araújo Vélez tan enfático como perentorio: "Los poderosos eran poderosos y punto".

# ¡BUENOS DÍAS, AMÉRICA!

*Es más,*
*yo prohíbo que está música se muera.*

*Johnny Pacheco*

El son habanero entretanto continuaba su ascenso en La Habana, desde las clandestinas encerronas a los engreídos clubes sociales, acarreado para nuestro disfrute por los consorcios eléctricos comandados por la Cuban Telephone Company que operaba en un simbólico edificio en la esquina de Águila y Dragones, el más alto de la isla, atrayendo la atención de habaneros y extranjeros, funcionando allí también la primera emisora cubana, la PWX, inaugurada con un doble discurso, uno en español y otro en inglés, pronunciados ambos por Zayas en su calidad de mandatario, y musicalizados sus conciertos radio-telefónicos con las escasas grabaciones existentes, intercalándose rollos de pianolas y uno que otro apunte de quien locutaba, cubriendo apenas su entorno, ya porque los transmisores eran débiles o porque los receptores en absoluto eran lo suficientemente capaces para captar las ondas hertzianas, como sí ocurrirá años después, posesionándose la música cubana como ninguna otra en el Nuevo Mundo, igual a como los Pacheco Knipping la placerán en su hogar en Santiago de los Caballeros corriendo la década siguiente o medio siglo después en un lugar de Colombia donde a un adolescente se le revelará la salsa a través del transistor de tres bandas regalado por su padre, bregando por atraer emisoras caleñas y caribeñas, desvaneciéndose la señal por los cambios atmosféricos o forcejeando dos o más señales por introducirse por el mismo dial.

-Resulta que mi madre escuchaba todas las tardes las novelas que transmitían desde Cuba y yo con ella, haciéndome fan de Tamacún, El Vengador Errante, siguiendo los programas musicales: el de "Arcaño y sus Maravillas", el del "Sexteto Habanero", el del "Conjunto Casino", el de "Chapottín" y todos esos grupos fabulosos que marcaban mi gusto para siempre, -proseguía Johnny platicando con Padura y evocando esa época de su vida cuando pensaba cómo serían de pequeñas las personas dentro de esos cajones con botones que irradiaban canciones, sonidos y voces.

Frecuencias captadas en las sabanas, escuchando los bolivarenses a los mismos elencos y las mismas grabaciones disfrutadas por los habaneros, por los cubanos y por los pepineros, siendo comarca conocedora del cancionero cubano desde los días cuando era canturreado por los compatriotas del ingeniero Cisneros y después por los guajiros entusiasmados con los sextetos de marimbula laborando en los cañaverales, introducidos también por otros inversionistas como don Diego Martínez, azucarero, ganadero y petrolero en la cuenca del Sinú, socio del Club Cartagena y propietario de una casa comercial en La Habana, a la par de los Vila, con sucursal en Ciénaga de Oro, sede de la hacienda y del ingenio Berástegui, importante por los experimentos agroindustriales de Francisco Javier Balmaseda, agrónomo cubano radicado en el Barrio Santo Toribio de Molgrovejo en Cartagena de Indias, distinguido en la Costa como persona interesada en las artes y la música, autor de comedias, compositor de zarzuelas, poeta de ocasión y responsable seguramente en el gusto por lo cubano de muchos de los pobladores de esa extensa región donde crecerán Sánchez Juliao, los Zapata

Olivella y "El Pupi", locutor de RPC, saludando de manera medio ingenua, medio optimista a su reducida radio-audiencia:

-Desde Lorica, ciudad antigua y señorial, a orillas del Sinú y sobre la costa del Caribe, transmite RPC con un kilovatio de potencia en antena: ¡Buenos días, América!

Convencido que ese kilovatio de potencia en antena bastaba para ser captado y oído en todo el continente y en el Caribe con más veras, iniciando por ese territorio a escasos kilómetros hacia el sur, allá donde mi suegro aprendería ese villancico que entonaba durante las novenas de los suyos, recordándolo cuando los entonaban tras oírselo a predicadores, a lo mejor procedentes de Cuba, en misión evangelizadora por tierras antioqueñas.

*Cántale un alegre son,*
*cántale un punto guajiro,*
*ponle a tu canto calor,*
*porque el Niño tiene frío...*

# LOS SEXTETOS DE MARIMBULA



*Paulino Salgado y Sonia Basanta*

Privilegio de la burguesía criolla nuestra era viajar por el Caribe en los barcos que zarpaban de Colón, Sabanilla y la propia Cartagena de Indias, anclados en la rada de Santo Domingo, a tres millas de la playa, embarcando y desembarcando correspondencia, mercancías y pasajeros, divisados desde el Cerro de la Popa que poblaran negros arribados de la sabana, urbanizando la ladera que será el Nariño, el barrio donde crecerá El Joe chocando las claves como las estrellaba La Puta en el sexteto del enano, jorobado y maltrecho de Alfredo Boloña, como Juan de la Cruz al frente del "Nacional" y como los mismos fundadores de los "Sextetos Habaneros de Palenque", uno

185

por cada reparto del caserío, perdurando solo el "Tabalá", sostenido por descendientes de los forjadores del son palenquero, surgido con la instalación del Central Colombia.

-Comenzando muchos palenqueros a trabajar en el ingenio Central Colombia, encontrándose con cubanos y gentes de todas partes, pero los cubanos fueron quienes les dijeron cómo era eso de los sextetos, y cómo eran negros iguales a nosotros se venían a Palenque a practicar, luego ellos, con mis tíos, fabricaron la marimbula, hicieron los bongós de madera y las maracas de totumo, y aquí venían a buscarlos para los toques, para que ellos fueran a Malagana, Arjona, Sincerín, San Cayetano, a todas partes, y cuando ellos se fueron dejaron sus sones, inventando mis tíos sones aquí también, y empezó la moda de los sextetos, se formaron por todo Bolívar -continuaba Rafael Cassiani conversando con La Ríos y con Stevenson al brío de unas cuantas botellas del ron destilado en la refinería del Central que trastocaba todo a la redonda, desde Sincerin hasta Quibdó en la ribera del Río de la Trata, explotado su caucho en la húmeda jungla por don Agustín y don Pedro, ambos Vila, y en cuya desembocadura de siete brazos los marineros y pasajeros se topaban con la ciudadela, refinería y plantación del ingenio Sautatá a tres semanas de Cartagena de Indias, perteneciente a puertorriqueños y sirio-libaneses, entre ellos los antepasados de Silvia Meluk, empleando al padre de Jairo Varela, rememorando en el Santa Fe, venido a menos como barrio burgués, la escucha de música cubana por sus mayores y la existencia de sextetos de marimbula en poblaciones en medio de la selva virgen como Murindó.

*Las cosas no son así,*
*las cosas son como son.,*
*el son tiene su bailar*

Encontrando La Ríos y Stevenson en su exploración sonera por el antiguo Estado Soberano de Bolívar a suficientes sextetos de marimbula, tantos que Muñoz solo, en su ensayo marimbulero, menciona a más de treinta nóminas en las barriadas cartageneras existiendo el Central y aparentando ser el "Nacional" de Sebastián Herrera el pionero, concebido en el Getsemaní al deleite de los sones grabados por el sexteto homónimo fundado en La Habana por Juan de la Cruz, por Piñeiro, por Villalón y por otras amistades, resultando homólogo del sexteto del enano, jorobado y maltrecho de Alfredo Boloña, instrumentista además de ese hermoso cajón que Nicoyembe tocaba, a manera de contrabajo, en las noches bogotanas de Saint Amour, traído de Moscú, donde, obligado por las circunstancias, lo había obtenido a partir de unas tablas aparecidas prodigiosamente, perforándole una media luna en el centro de una de las superficies amplias e instalándole luego las cuerdas y los flejes, atendiendo las instrucciones de Batata, hallándose de gira con los tambores de Toto La Momposina.

-La primera marimbula que yo vi era de un cubano que vivía en Arjona, -atestiguaría Simacongo, el veterano marimbulero del "Tabalá" a La Ríos y Stevenson, telefoneándome ella, una tarde, desde la cafetería de la Universidad Cooperativa para informarme que la Iguana Ciega desde Barranquilla me había enviado un manuscrito, sin imaginar ellos ni yo, la inexplicable relación con los demás escritos obsequiados, arrojándome más que una revelación, posibilitando esta conjetura que usted -lector o lectora- repasa, enseñando la existencia de una infinidad de sextetos en esa región aguzadora de los sentidos al sonar de gaitas, guaches y tambores convocando a criollos y mestizos, mulatos y zambos a danzar la cumbia con Cecilia Rivadeneira rodeada de zutanos ataviados con sombreros blancos, camisas floreadas, anillos abrillantados, collares lustrosos, dientes dorados, pulseras bronceadas, hebillas mayúsculas, pantalones llamativos y chanclas a lo apache, a lo curro, a lo guapo, a lo poblador del Solar de la Lipidia, a lo machetero del Central San Lucio, irrigados tal vez por sangre cubana.

*Bueno Batata,*
*aquí usted va a tener que mostrar*
*todos los secretos que tiene...*

*Sonia Basanta*

# CHÉVERE

*-Erda, yo soy un negrito chévere, mírame que chévere soy,*
*yo soy negrito pero tengo un perfil chévere,*
*y tengo un perfil chévere para este lado también,*
*y mira yo bailo chévere, y me muevo chévere,*
*y mira el pelito mío, apretado y todo,*
*pero es un pelito chévere.*
*-No hables mierda que tú lo quere eres es un negro hijueputa.*
*-Si, un negro hijueputa, pero chévere.*

*David Sánchez Juliao*

Escuchándose en efecto cada vez más una serie de palabrejas, como chévere, dichas por más costeños, como los estudiantes quienes arribarán a "La París de los Andes" aprovechándose del ascenso de López Pumarejo y del liberalismo al poder, trayendo encarnada a la cumbia, la gaita y el porro o como los jóvenes músicos procedentes de las sábanas de Bolívar, Córdoba y Sucre, caso Pantera y Willie Salcedo, iniciadores, junto a otros como el Joe Madrid, del movimiento salsero capitalino en los sesenta a setenta, adiestrados por el Benny Bustillo con su caminado de camaján y sus pintas multicolores, fluyéndoles ese vocablo chévere que erizaba a mi padre al pronunciarlo yo, manifestando que algo estaba chévere, ignorando su origen como su significado, preguntándome eso sí porque irritaba a mi papá pese a oírselo vocear a su hermano Carlos al saludarme, juntándolo a uno de los estribillos de "Amparo Arrebato", el éxito de moda en la radio bogotana:

-¡Chévere mi hermano, qué viva Cali, Cali, Chipichape, Yumbo! – decía aire de bacán al visitarnos.

Acentuada también por el colega de mi madre en el ICA, el Costeño Rodríguez, barranquillero extrañamente reservado, profiriendo otro desparpajado terminacho al verme.

-¡Camaján!

Ignorante igualmente yo del significado de este otro barbarismo, tan gracioso como chévere, gustándome también y escuchándole chévere después a Lavoe en una máxima más que ingeniosa: "Es chévere ser grande, pero es más grande ser chévere", quizás en época del "Show de La Jirafa Roja", al Viejo Mike programar el "Agua de Clavelito", contabilizando chévere dieciséis veces en el coro cantado por Casanova, el Santi Cerón y el mismo Johnny en la versión del "Tumbao Añejo".

*Qué chévere, qué chévere, eh,*
*qué chévere, qué chévere, eh,*
*qué chévere, qué chévere, eh,*
*qué chévere, qué chévere, eh.*

*Qué chévere, qué chévere, eh,*
*qué chévere, qué chévere, eh,*
*qué chévere, qué chévere, eh,*
*qué chévere, qué chévere, eh…*

Descubriendo años luego, supuestamente estudioso, que gozaba de un origen medio parecido -al leer al Cowboy Sublette- en el efik o lengua de los abakuá, la sociedad secreta constituida solo por hombres e inicialmente por negros importados de Calabar, mientras el Sabio Ortiz manifestaba que derivaba de sebede, denotando:

"adornarse profusamente", y Carpentier, en el glosario de "Écue-Yamba-Ó", enseña a la vez un par de acepciones: "elegante" y "matón".

*Chévere del navajazo,*
*se vuelve él mismo navaja:*
*Pica tajadas de luna,*
*más la luna se le acaba,*
*pica tajadas de canto,*
*más el canto se le acaba,*
*pica tajadas de sombra,*
*más la sombra se le acaba,*
*y entonces pica que pica,*
*carne de su negra mala.*

*Nicolás Guillén*

# UN IYAMBA EN LA ATENAS

*Fueron los Appapas del Calabar,*
*negros libertos y esclavos carabalí,*
*los que se atrevieron a fundar*
*la primera sociedad secreta negra en nuestro país.*

*Y se dice que fue el Appapa Efó,*
*el fundamento del abakuá en Cuba,*
*él que autorizó al Efik-Butón,*
*al Efik Kondó, al Efik Ñumané,*
*al Efik Acamaró, al Efik Kunakúa,*
*al Efik Efigueremo y al Efik Enyemiyá,*
*que autorizaron al Eforí Isún,*
*al Eforí Kondó, al Eforí Ororó, al Eforí Mukero,*
*al Eforí bá y al Eforí Araocón,*
*las siete ramas, las siete ramas,*
*de las dos potencias que crearon el Efí y el Efó,*
*¿Dime si no?*

*Y todavía está viva esta tradición en Cuba,*
*se les llaman indisimes a los que se van a jurar,*
*que primero, antes de entrar al fambá,*
*tienen que arrodillarse ante una ceiba,*
*que son los wawasí,*
*una mata, una mata, que son sagrada*
*pa´ to´ los negros congo, lucumí, carabalí,*
*y ofrendarle, ofrendarle un emborí,*
*que son un chivo que vas a sacrificar,*

el Aberisún,
y exclamarle sólo, el solito, el sólo a la mata,
este rezo que dice así:
"Asere ukano entomiñón beconsi
¡Sanga Abakuá!
Asere itia obón indiobón, eteñe nefón
abakuá bakánkubia",
está cosa se dice así:

¡Ekué, Ekué, Chabiaca Mocongo Ma Chévere!
Los Mocongos Bijuraca Embori son los mocongos
que traen el acto de su juramento.


¡Ekué, Ekué, Chabiaca Mocongo Ma Chévere!
Los Mocongos Arikuá Arikuá son los mocongos
que entran en el Monte a buscar su caña.


¡Ekué, Ekué, Chabiaca Mocongo Ma Chévere!
Los Mocongos Forifá Aritá son los mocongos
que pueden entrar, que van a penetrar el fambá.


¡Ekué, Ekué, Chabiaca Mocongo Ma Chévere!
Los Mocongos Ma Chévere son los mocongos
que van a desfilar en la procesión.


¡Ekué, Ekué, Chabiaca Mocongo Ma Chévere!
Tú sabes que Mocongos Muchángana son los mocongos
que van a la guerra, que van a guerrear.


¡Ekué, Ekué, Chabiaca Mocongo Ma Chévere!

*¡Ekué, Ekué, Chabiaca Mocongo Ma Chévere!*
*¡Ekué, Ekué, Chabiaca Mocongo Ma Chévere!*

*El Moruá-Engomo va a rayarle a todos los indísimes*
*con un yeso amarillo,*
*ése es el color que son la vida y la prosperidad,*
*pero los va a rayar bien duro,*
*con  una cruz en la frente, en el pecho, en las manos y en los pies.*

*¡Ekué, Ekué, Chabiaca Mocongo Ma Chévere!*

*Y con otro yeso blanco,*
*que son el color que significa la muerte y la fatalidad,*
*los va a volver a rayar pero suave,*
*muy suave, muy suavecito,*
*pa' que no se vea nada.*

*¡Ekué, Ekué, Chabiaca Mocongo Ma Chévere!*

*Y un saludo pa' todas las potencias Efik, Efó,*
*en Regla, La Habana y Matanzas.*

*¡Ekué, Ekué, Chabiaca Mocongo Ma Chévere!*
*les dé mucha suerte y mucha salud a todos*

*Juan Formell*

Conjeturando que algo sabría mi padre del hábito y significado de chévere para unos y otros, aunque en su copiosa biblioteca nunca observé un libro sobre cultos afrocubanos, ni textos del Sabio Ortiz, aunque sí obras de Carpentier, sobre masonería y sobre el rosacrucismo, viviendo algunos de sus años juveniles en cercanías a Santiago de Cali, en un entorno de cañaduzales de propiedad de la opulenta progenie vallecaucana y entre mulatos resultantes de amoríos secretos como los sobrellevados por el amo Manuel María Solaz y la sirvienta Sixta Lucumí, bruja y maga, quien birlada por la familia del terrateniente, maldijo a las generaciones por venir de la estirpe Solaz Valecilla.

*El azúcar para ser blanca,*
*necesita de la sangre negra,*
*de la semilla negra*
*y de la tierra negra.*

*Sixta Palacios*

Acaeciendo que chévere circulaba entre los vecinos del Barrio Obrero, entre los braceros del Central y los demás ingenios, entre los macheteros de las sabanas de Bolívar, Córdoba y Sucre y escuchada acaso por algún capitalino atento a las conversaciones de los miembros del sexteto del enano, jorobado y maltrecho de Alfredo Boloña recorriendo la "ciudad escondida", charlando en una extraña lengua, distinta a cualquier otra habla de las oídas por estos confines, diferente al bronco alemán conferenciado por Humboldt con sus segundos, al exquisito francés exteriorizado por Pierre D'Espagnat -a quien un junte de rolos atribuía el mote de "Atenas Suramericana" concentrándose en la petulante elite rola- y diferente al inglés platicado por los gringos en su club, reservándose el derecho de admisión y tolerando solo a aquellos criollos quienes -además de dominar el idioma de Mark Twain- eran blancos, distinguidos y prósperos, cómo sí a los enruanados les permitieran ser gentiles y acomodados, sucediendo todo lo contrario, los mantenían analfabetas asegurando su sometimiento, así como despreciaban a las gentes de tierras calientes, húmedas y tropicales.

-¡Cómo usted mande, su merced!

***

Desarrollándose la escena en el Museo de Artes y Oficios de París, donde tres amigos: Belbo, Diotallevi y Casaubon, -entusiasta éste por la Orden de los Pobres Compañeros Soldados de Cristo y del Templo de Salomón y alterada su mente por las teorías de conspiración-, se enredan en una intrincada confabulación que involucrará a Illuminatis, a Rosacruces y a los mismos Templarios, iniciándose el gatuperio cuando el trio de amigos, -agregándose Anglé luego-, decide distraerse en un pasatiempo intelectual apostándole al azar, recurriendo a la computadora de Belbo y al manuscrito del coronel Ardenti que alegaba la existencia de un complot de los templarios para someter a la humanidad, ligando los tres partícipes, mediante una tira imaginada, sucesos históricos insospechados, obstinados en revelar ese recóndito contubernio milenario.

El Péndulo de Foucault

***

Causando curiosidad aquellos extranjeros de piel oscura, equiparados con trajes albos algunos días, luciendo vestiduras coloridas en otros o cortes enteros marrón o negro, pero siempre

197

uniformados, insinuando Villegas en su manuscrito que existía un séptimo forastero, debiendo ser el trovador Juan de la Cruz, tal vez uno de los precursores en la llegada del son habanero por estos umbrales.

-Sí es el Juan de la Cruz que pensamos, sería  el mismo quien era el iyamba de la Potencia Abarakó Chiquito de Regla, -interviene R.R. Oropesa.

-¿Iyamba?, —interpeló Alfonso Nieto, el primer ser humano a quién le observé un marco conceptual sobre la salsa y quién al leer este manuscrito (en fuente garamond)  siglos después lo catalogar de texto iniciático.

-Sí, el iyamba de la Potencia Abarakó Chiquito de Regla.

 -¡Explícamelo!

-El encargado de tocar el ékue durante el plante de la potencia, reproduciendo la voz de Tanze resguardada dentro del tambor sagrado.

-¿El ékue es un tambor?

-Sí, el tambor sagrado.

-Y Tanze, ¿quién es?

-La reencarnación de Obón Tanze, rey de Efigueremo, reencarnación a su vez de Abasí, el Dios Supremo, el Todopoderoso.

-¿Tanze es un pez?

-Tanze es el pez sagrado enviado por Abasí y descubierto dentro de una tinaja por la princesa Sikán en el Río Oddar en Calabar, entre el actual Congo y Nigeria, más allá de la llamada Guinea por los antepasados.

-Abasi, según entiendo era un jefe ekoi conocedor del secreto de poder y salvación eterna para la tribu que lo descubriera.

-Así es.

-¿Y quién era la princesa Sikán?

-La mujer carabalí empleada por el Todopoderoso para encontrar a Tanze, poseedor del bramido de paz, pero obligada a guardar el secreto, hasta que un día, tentada por seres humanos para confesarlo, lo revelará a su prometido, miembro de una tribu distinta a la efik, traicionando a los suyos y en castigo sacrificada por el bienestar de Efor, pero también para redimirlos en la eternidad, la paz y la salud, dispuestos los ñáñigos hasta morir por la hermandad para resguardar la fe.

-Sin embargo, no hay unanimidad sobre el porqué fue sacrificada, unos dicen que traicionó el secreto, otros que por ser mujer no tenía derecho a él y otros que su muerte fue necesaria para que los hombres pudieran recuperarlo.

- Cierto.

-¿Los ñáñigos son los mismos abakuá?

-Sí, los miembros de la sociedad secreta abakuá.

-¿Cómo sociedad secreta supongo que tenía su rito de iniciación, su juramento, un reglamento, su propia simbología, como la masonería?

-Así es, consintiendo los interesados las marcas de iniciación en la piel y ser ungidos con mocuba, pero antes de la iniciación solo se confiere entrada a hombres que hayan demostrado su habilidad en el okuto, observados por quien será su padrino, prometiendo respetar los códigos secretos de la hermandad, frecuentar al culto y honrar el Cuarto Fambá, donde se hallan el altar y el ékue y los demás enseres sagrados, ligándolos a los espíritus de los antepasados y a las potencias en el más allá, en medio de un ritual de cantos y rezos en lengua apapa, acompañados de danzas y repiques de sonajeros y tambores, quedando atados para siempre a sus hermanos en la sociedad, una relación tal vez más poderosa que la misma consanguineidad entre parientes.

-¿La hermandad llegó a Cuba con los esclavos?

-Se cuenta que hacia 1820 arribaron los primeros ñáñigos, organizándose para ayudarse ante la crueldad de los señores y para defenderse de la represión desatada por los españoles.

-En la época cuando se hablaba de la emancipación de los Estados Unidos, de la Revolución Haitiana, de la conformación de logias masónicas, del ideario revolucionario francés, del ingreso de haitianos por Oriente, del interés de los ingleses por abolir la esclavitud, de la solidaridad del médico Fernández Madrid en las plantaciones, de las tertulias en la casa de Domingo del Monte, de la invasión napoleónica de España, de los gritos de independencia en la Nueva España y la Nueva Granada y del levantamiento del negro Aponte Ubarra algunos años atrás.

-¡Si señor!

-¿Cuándo se forma la primera sociedad secreta abakuá en Cuba?

-Hacía 1836, contándose que fue en Regla donde se forjó la primera potencia, la Efí Butón, formada por negros para amarse y servirse como hermanos, alentados en prestarse ayuda en momentos de necesidad, protegiéndose del hombre blanco.

-¿Solo negros?

-Ni siquiera un mulato y todos de la tribu apapá efí, pertenecientes a la dotación de una hacendada, jurando cada uno cumplir los códigos secretos.

-¿Y cómo dejó de ser exclusivamente de negros?

-Por el ascenso económico de los negros, extendiéndose el ñañiguismo a los mulatos y a otras negritudes en progreso social, como los músicos Claudio Brindis de Salas y Juan de Dios Alfonso, importantes en todo esto.

-Se cuenta que el ñañiguismo avanzaba clandestino desde Regla hasta el centro.

-Tanto adentro como afuera de las murallas que dividían a La Habana, aunque concentrándose en el barrio de Jesús María, fundándose gradualmente hermandades que admiten blancos pobres, y nuevas que aceptarán cubanos pudientes, además de españoles de linaje, incluso militares y políticos, y hasta chinos y filipinos.

-¿Y muchos jóvenes?

-Pero solo hombres, agregándose bastantes ñáñigos a las tropas abolicionistas e independentistas.

-¿Siempre en la clandestinidad?

-Hasta hace un tiempo.

-¿Por qué?

-Ante el acoso de los blancos, el castigo de los amos y la persecución de las autoridades coloniales.

-Pero el culto a Tanze, ¿por qué era secreto?

-No era a Tanze, sino a Eribó, a la gran fuerza que lo anima todo, y era secreto porque los españoles satanizaban a toda creencia distinta al catolicismo, y más aún cuando los creyentes eran negros, incriminándoseles hasta el sacrificio de humanos, la militancia en el hampa y el ejercicio de la brujería.

-Existiendo miembros quienes sí la practicaban.

-Tanto la buena para hacer el bien como la mala para hacer el mal, pero jamás la brujería fue sacramento en un rito que, como la misa católica, se invoca a un Dios, a su Espíritu Santo y a su hijo, Jesucristo, muerto y resucitado para sanar a la humanidad del pecado.

-Por cierto representado por un pez.

-En Roma, dibujado por los primeros cristianos en la arena, en las puertas de los lugares de reunión, en las tumbas o en las viviendas para reconocerse ante la persecución de las autoridades romanas.

-¿Juan de la Cruz era una especie de sacerdote?

-Era el iyamba, uno de los superiores dentro de una potencia abakuá, y supuestamente rey en Efor, llamado Mokongo Obón por quienes proceden de los Efik. Era el encargado de hacer hablar al ékue escondido tras una cortina en el Cuarto Fambá.

-En efecto, Juan de la Cruz era una persona muy importante en La Habana de los negros.

-Y bastante importante entre los blancos también, era uno de los cantantes más famosos, como solista o como integrante de dúos, tríos y cuartetos. Fue de los primeros trovadores en grabar para las disqueras americanas, presentándose en las salas de cine de los barrios que entonces, cuando no existía la radio, eran sitios muy importantes para los artistas.

¡Interesante!

-Y era alguien más.

-¿?

-Organizaba estudiantinas en los cabildos, en las sociedades de recreo y en las encerronas, como aquella de la Sociedad Los Apaches en Zanja y Dragones, cuna de los primeros conjuntos de son habanero, iniciando por la "Agrupación Boloña", reunida hacía 1915, cuando la invasión americana y el genocidio de los militantes del Partido de los Independientes de Color.

-¡Y era alguien más!

-¡Vaya!

-Era uno de los promotores cada año de las salidas de comparsas durante el Día de Reyes, la única jornada permitida a los negros en tiempos de la colonia para mostrarse con libertad en las calles ante sus amos, los gobernantes y los demás habaneros.

-¡Interesante!

-Y algo más, era el manager de varias agrupaciones de son, como el "Septeto Nacional", era realidad uno de sus fundadores, tanto que fue el primer presidente de la "Sociedad Sexteto Nacional", mientras Ignacio Piñeiro, su amigo y ñáñigo además, era el secretario general, y Alberto Villalón, el tesorero.

-¡Muy interesante!

-Pero Juan de la Cruz no solo era el presidente de la agrupación que será la más importante en la historia del son cubano, sino que era uno de sus cantantes.

-¡Vaya, vaya!

-Y algo más, estaba estrechamente relacionado con la Víctor, pero sobre todo con John L. Stowers de la Columbia, asiduo visitante de La Habana buscando talentos para competirle a la Víctor como a la Brunswick, obteniendo jugosas ganancias con el "Sexteto Habanero", formado igualmente en las encerronas de Los Apaches.

-¡Qué personaje!

-Era además, dueño de una casa de empeños, que era también joyería en el Barrio Colón, conocido por sus bares, casas de juego y prostíbulos.

-¡Un hombre de negocios!

-Era hombre de negocios, bien relacionado, no solo con los disqueros americanos sino con acomodados, con personajes de la farándula y con políticos, organizándoles fiestas privadas y rumbas clandestinas con agrupaciones manejadas o contratadas por él y con mujeres para animarles el baile.

-¿Pero cómo llegó o quién traería a Juan de la Cruz a la "Atenas Suramericana"?

-Esa información seguramente se la llevaría a la tumba uno de los vuestros, Adolfo Marín o Pelón Santamarta, o quizá Julio Flórez, amigo de Villalón, o el mismo Porfirio Barba Jacob, visitantes de La Habana en tiempos también del Vista Alegre, o tal vez alguno de los cubanos radicados en su ciudad o los mismos Vila.

# ZEMRUDE



El sexteto del enano, jorobado y maltrecho de Alfredo Boloña ascendería a la "Atenas Suramericana" años después de la apertura del Central, según esta "crónica novelada" al discernimiento de Consuelo Porras o "novela en clave" al saber de Nanny Portaccio, aspirando Arciniegas a remozar el espíritu apesadumbrado de la ciudad triste, intentando espantar ese tardío romanticismo en cara de acontecidos y suicidas mediando fiestas de estudiantes organizadas en la Nacho y con la realización de los carnavales avalados por el presidente de la república, inevitable para asegurar a "las fuerzas vivas de la nación", consintiendo la participación de sus hijas en los reinados de belleza, celebrados con agasajos en el Jockey y el Gun, con bailes en el Atlántico y el Regina, con el desfile de comparsas socorridas por el sector privado y con la ceremonia de coronación en el Colón, iniciativa general resistida por los conservadores, alegando que la capital debía perpetuarse "triste y morosa".

-Somos un pueblo agonizante, callado, quieto, lúgubre, pesimista, donde esta orgia de tres días por las calles es una escena falsa, una bacanal grotesca de bailarinas, colombinas, jamonas, manolas,

205

muñecos, payasos, pierrots y soldados personificados por estudiantes sin moderarse al beber, obligando a los propietarios de los almacenes y cafés a blindar las vidrieras con hojas de zinc, a cubrir los cuadros con cartones, a guardar las mercancías en las bodegas y a retirar los espejos de sus sitios como preparándose la ciudad para ser bombardeada, -se leía en una columna de prensa.

Sin embargo, acorde con la época, aunque retardado, la "Atenas Suramericana" mostraba gradual un aspecto renovado, modernizando su apariencia con los dólares desembolsados por la Casa Blanca enmendando la separación del istmo y el ingreso de los primeros caudales por el café exportado, restaurándose desde inmediaciones del Observatorio Astronómico hasta el kilómetro cero del país instalado en San Diego, siendo atravesada de oriente a occidente por la Ximénez que sinuosa se deslizaba desde los cerros de Guadalupe y Monserrate, divisándose los rieles del funicular -a días de inaugurarse- desde el Puente de San Francisco en la Avenida de la República. Aún el Vicachá estaba por canalizarse. Oyéndose en el vacio la sinfonía de martillazos descargados por los mazos usados por los albañiles erigiendo el Palacio de San Francisco, mezclados con los percutidos por los obreros del Granada próximos a entregar el hotel con sus ciento ocho apartamentos -con baño y teléfono- y sus ciento sesenta habitaciones -con baño y teléfono-, murmurándose que la primera ducha en el país había sido instalada en la alcoba presidencial del Palacio de San Carlos. Soportando los huéspedes del Franklin, desde las cinco de la mañana, el trepidar de las campanas de la Iglesia de San Francisco a menos de doscientos metros, sin poder alguno para silenciarlas. Eran la voz de Dios. Hallándose inmediato al Edificio Pedro A. López, diseñado por los mismos constructores del Chrysler neoyorquino, la mole de sesenta y siete pisos y trescientos diecinueve metros de altura siendo el rascacielos de ladrillos más alto del planeta que, comparado con la edificación más alta del país, el Cubillos, de apenas ocho plantas y situado cien metros más abajo, evidenciaba la diferencia entre el más allá y nuestra realidad pese a ser la atracción del momento.

Era la "Atenas Suramericana" actualizándose, aprovechando lo más reciente para comunicarse con el orbe desde la inmediatez del telégrafo hasta la correspondencia que ascendía remontando el Atlántico, el Caribe, el Gran Río y la Cordillera Oriental, demorándose hasta dos meses la carta acarreada en barco y tren, optando los cachacos entretanto por el chisme como fruslería del entretenimiento, consumando el esparcimiento de los fines de semana tras asistir a misa, con la caminata por la sabana, la montada en bicicleta y la navegada por el Lago Gaitán o el Funza, convergiendo los más fiesteros en los matinés amenizados por la "Conti" en el Olympia, mientras afuera, en el mirador a la cervecería Bavaria, al Circo de Toros y a la Iglesia de San Diego, Arciniegas y sus camaradas se recreaban con sus travesuras emprendiendo espantada hacía los parques: Centenario e Independencia, adentrándose entre los pabellones: de Bellas Artes -decorado en estilo Art Nouveau-, de Cristal -imitando el construido en Versalles en homenaje a María Antonieta-, el de Luces -enseñando el milagro de la energía eléctrica-, el Egipcio -evocando los templos faraónicos-, el Industrial -fabricado en hierro y pletórico en máquinas-, y la pagoda -en tributo a lo asiático-, topándose entre el público con gitanas, relumbrando sus coloridas blusas y sus largas faldas, llamando a los paseantes para leerles el futuro visto en sus palmas extendidas a cambio de unas cuantas monedas.

Entonces todo era optimismo, pese a los curas y los godos, acudiendo los bien hablados cachacos de vestir negro -sombrero de copa alta, abrigo orondo, sastre de paño, chaleco estrecho, paraguas inglés y zapatos de cuero- a las barberías de los hoteles para acicalarse los mostachos -rematados en curva- con las bigoteras en boga, mientras las refinadas damitas frecuentaban a las floridas salas de belleza en los mismos hospedajes, entre ellas las seis hijas del general Dávila Pumarejo -fundador del Jockey, contratista del estado, latifundista vencedor en las treinta y dos guerras promovidas por el coronel Aureliano Buendía y socio del Ferrocarril del Norte que llegaba hasta Zipaquirá-, vistas siempre caminando juntas por la República, la Colón, la Ximénez, irradiando su salero caribeño: altas, cadenciosas, elegantes, distintas, arrollando con su gracia y siendo objeto de piropos.

-¡Ala mi chino, y luego dicen que los monumentos no caminan!

O admiradas en los salones de baile de los mismos hoteles, animadas las fiestas por las jazz-band de Anastasio Bolívar —paisano de Caspa-, del chapetón Jesús Ventura o del mulato venezolano de aspecto blanco Ernesto Boada, despuntando desde su inauguración el Salón Azul en la planta baja del Granada, encomendado en principio a la "Jazz Band A. Bolívar", la mimada por una elite presumiendo vivir su Belle Époque, como en realidad vegetaba, distante del vulgo enruanado, iletrado y esforzado, presagiando en ser el mejor bailadero de la metrópoli andina, como ocurrirá un par de décadas después al sonar de la mejor orquesta, la patrocinada por Pachito E'ché y conducida a cuatro manos por Alex Wolfgang Tovar y Lucho Van Bermúdez, entendiendo los gamonales que tan importante era contar en la "Atenas Suramericana", cerca del Palacio de San Carlos, con amistades, emisarios y parlamentarios para la perpetuidad de sus empresas en sus regiones y la consecución de contratos con el estado, como los Vila y sus vínculos con el ingeniero Liévano Reyes y el pariente Vila Villamil, amigo también de Núñez y rival de Reyes, salvaguardando siempre sus mayorazgos.

# EL GRAN GATSBY

*Ustedes compraron la historia,*
*que era la verdad, Helena,*
*contrataron historiadores y pagaron libros de texto que dijeron su verdad,*
*y la divulgaron desde ministerios ocupados*
*por ministros que ustedes designaron,*
*amparados en leyes que otros como ustedes promulgaron.*
*Los llamaron estatutos.*
*Y ante cualquier duda, la respuesta era: "los estatutos lo dicen así".*
*Su historia era y fue la verdad, la verdad de los ganadores,*
*a quienes después les erigieron monumentos que inmortalizaron sus proezas*
*y su vida y sus maneras de pensar.*

*Fernando Vélez Araújo*

Era la "Atenas Suramericana" acogiendo europeos, en su mayoría judíos, asentándose en Las Cruces antes de trastearse –prósperos ya, gracias a su disciplinado empeño- al Santa Fe, proyectado sobre la antigua Hacienda San Antonio de la Azotea, concentrados en hacer América sin ocuparse en aquellos negros advenedizos, entre ellos ese enano, maltrecho y jorobado que tanto he referido, lamentándose en los mentideros aún la perdida del istmo, culpando algunos habitantes a los arios, mascullándose la influencia del embajador alemán sobre Caro para que rechazará el Tratado Herrán-Hay con los gringos, enterándose después los curiosos del interés de una empresa germana por los remanentes de la arruinada Compañía Francesa del Canal administrada por Lesseps y sabiéndose luego también que ese intento era propósito del expansionismo teutón.

Escuchándose bambucos, contradanzas, guabinas, pasillos y torbellinos ejecutados en las calles por chirimías indígenas, en parques y plazas por las bandas marciales formados sus músicos por el maestro Conti, en cafés por estudiantinas concebidas por émulos de Morales Pino acatando los cánones de la composición académica y en los carnavales por las ruidosas murgas que escoltaban a las comparsas compuestas por jóvenes burgueses, estudiados muchos en las universidades extranjeras como el apenas insinuado Alberto Dupuy, anhelantes en conquistar a las flappers durante el baile del sábado en el club campestre o de las empanadas bailables los domingos en la oreada terraza de mismo Country, -oyéndose los mismos charleston y fox-trots programados por los gringos en su excluyente estadero-, jugando golf los señores en el campo de seis hoyos y bridge la señoras en los salones de la casona, placiendo a sus anchas lo testamentado desde la colonia, desplazados los muiscas, explotados los esclavos, tomadas las instituciones, rentada la tierra y rindiendo lo invertido.

-Eran los Caballero, Calderón, Caro, Carrizosa, De Brigard, Holguín, Ospina, Ortega, Piedrahita, Pombo, Nieto, Salazar, Sanz de Santamaría, Santos, Samper, Soto, Umaña, Uribe, Urrutia, Vargas, Vélez y demás dinastías de la crema y nata capitalina, las familias más arraigadas, sin parecerse sus miembros a nadie en la ciudad, salvo a ellos mismos o quizás a ciertos ingleses mirados en las películas, con su tez rosada, saludable, encendida por el buen whisky o por el aire vivo de la sabana, respirando clase y prosperidad, vistiendo trajes cortados en Londres, entorchadas sus solapas con elegancia en vez de aplastarse y brillar, luciendo corbatas Trembled, paraguas Briggs y sombreros Look comprados en los almacenes de los Pombo, los Ricaurte o los Vargas y calzando zapatos confeccionados sobre medidas en la misma Londres, lustrosos como espejos y venteando a cuero nuevo, manufacturados para pisar las espesas alfombras del Gun y del Jockey o la fina grama del Country en algún oscurecer de sábado o domingo, estando también el color con ellos, estaba en sus ropas, en la vanidosa alianza del amarillo con el violeta, del azul con el gris perla, del azul con el vino tinto, del beige, del verde y del tabaco. Hombres vestidos con deportiva elegancia, como si vinieran de ver un partido de polo... -relataría Plinio Apuleyo en palabras desatendidas y frases sueltas topadas en la nube y cuyo padre, de tronco boyacense como Caspa, se desposó con mujer de la oligarquía capitalina.

Era ese fragmento de la "ciudad escondida" cerrado para la mayoría capitalina y para los calentanos por venir como el novel García Márquez, sin la alcurnia ni la fortuna del general Dávila Pumarejo, habitando esta metrópoli que durante más de una década fue administrada por el costeño Cualla, tatarabuelo de John Leguizamo, Toulouse-Lautrec en "Moulin Rouge", compartiendo elenco con la bella Nicole Kidman y otras coristas a semejanza de las prostitutas parisinas retratadas por el pintor seducido por el expresionismo de actores, bailarines, cantantes, comediantes y músicos y por el impresionismo de las prostitutas que tanto respetaba y tan rechazadas eran como él por el supremacismo parisino, debido a su metro con cincuenta, superando en cinco centímetros a Alfredo Boloña, logrando pasar desapercibido entre ese bestiario nocturno y, que sí consecuentes fueran los derroteros de los humanos, debería ser Leguizamo el actor para representar al enano, jorobado y maltrecho de Alfredo Boloña en la película por rodarse sobre este prodigioso ser invisibilizado por la pestilencia del olvido.

# EL MAL DE ALTURA

*Así, pues, de buenas a primeras*
*nos hallamos en una anónima aldea de La Mancha,*
*lugar de vivir monótono y apacible,*
*donde jamás ocurre nada extraordinario.*

*Martin de Riquer*

(Causando curiosidad además los afrocubanos tanto por sus corpulencias como por la uniformidad al vestir), sin avistarse entre los cachacos alguien siquiera parecido en su aspecto, facha y porte, debiendo existir quienes cuchicheaban que eran miembros de la tribu de gitanos estacionados en Tres Esquinas, desvelándose pronto que eran músicos llegados de La Habana según la información divulgada por los pasajeros con quienes compartieron el itinerario a lo largo del Gran Río, desempacando el bongó, el contrabajo, las claves, las guitarras y el tres para amenizar las jornadas en horarios distintos a los destinados a la orquesta de planta para mitigar el tedio entre la jungla, tornada la travesía en crucero de placer por un buen rato y rebajada la bochornosa, húmeda y soporífera jornada con los sones entonados por La Puta, el sobrenombre granjeado por el cantante por versar con los principales sextetos habaneros.

Era el curso pero en contravía al abordado por don José María Samper en su viaje a Europa, conociéndose los viajantes en cubierta durante los cinco días y las cuatro noches de duración de la travesía de Barranquilla a Honda, solo sí la corriente conservaba el caudal, porque de lo contrario podría extenderse tres o más semanas, las necesarias para intimar, alejado el barco de la civilización, esquivando

213

despojos de animales, boscajes y personas entre torrenciales chaparrones. Quizás el iyamba Juan de la Cruz les habría aludido sobre esa incomprensible sensación experimentada en el Gran Río, en medio del monte, a modo de una regresión pero ocurrida en otro paraje controlado a este tenor por las fuerzas de la naturaleza, allá en el corazón de las tinieblas, en la región del rey de la tribu de Efor, donde la princesa Sikán se topó al pez Tanze, en el mismo territorio donde Conrad, horrorizado por la brutalidad usada por los colonos blancos sobre la humanidad de los africanos, principia a rasguear su aventura surcando el Congo en el vapor Roi des Belges en la otrora Costa de los Esclavos.

-¡Horror, horror!

Tras descender al averno, los jóvenes del sexteto del enano, jorobado y maltrecho de Alfredo Boloña distinguirán una espesura cambiante a medida que el barco se acercaba a un aldea parecida a otro puerto dejado atrás, Mompox, incluso comparable con Cartagena de Indias pero bien adentro, Honda, atestada de puentes, refundiéndose de nuevo los pasajeros con el progreso, disponiéndose a afrontar la ladera occidental de la agreste cordillera oriental montados en el tren hacia la "ciudad escondida", deteniéndose la locomotora en distintas poblaciones para relevar máquinas, recargarlas con carbón de leña y refrescarlas además con abundante agua, aprovechadas las escalas por los viajeros para estirar piernas, recorrer villorrios como Agualarga, merendando ahí sus sonadas papas chorreadas, a noventa kilómetros de la capital entre una temperatura que vaticinaba el frio en la altiplanicie, ocurriendo el momento cuando uno de los forasteros sufre un primer mareo.

-Es un soroche por falta de oxígeno, -formuló uno de los lugareños.

Viajaban las siguientes personas por el sexteto del enano, jorobado y maltrecho de Alfredo Boloña:

Abelardo Barroso, sonero y clavero de 21 años y uno setenta y tres de estatura, con domicilio en casa de una hermana, renombrado también "El Gran Caruso" pese a su juventud y gracias a su talento,

Alfredo Boloña, director y tresero, de 36 años y uno cuarenta y nueve de estatura, con domicilio en casa de su madre, Emilia Boloña.

José (Manuel) Carrera (El Chino Incharte), bongosero de 22 años y uno setenta y seis de estatura, con domicilio en casa de su madre.

José (Vega) Chacón, guitarrista de 27 años y uno ochenta y dos de estatura, con domicilio en casa de su madre.

Ignacito Hernández, maraquero y voz prima de 23 años y uno setenta y seis de estatura, con dirección en casa de un hermano.

Octavio "Tavito" Rivero, contrabajista de 21 años y uno setenta y nueve de estatura, con domicilio en casa de su madre.

Faltando acaso un séptimo aventurero que pudo ser Juan de la Cruz o un funcionario de la Brunswick sí arribaban en plan de promoción, -considerando Francisco Talavera, el melómano especialista en acetatos y grabaciones difíciles de conseguir, que bien hubiera podido ser don Luis el importador del sexteto del enano, jorobado y maltrecho de Alfredo Boloña, emocionado acaso con el auge del son en La Habana, o en su defecto por la misma Brunswick motivada en impulsar a su agrupación-, ateniéndonos a los integrantes reportados por el servicio de inmigración del puerto de Nueva York al descender del Tiloa el 14 de octubre de 1926, según la información obtenida por Gino Curioso, exponiendo el documento la juventud de los músicos, contemporáneos de Arciniegas, residenciados todavía en viviendas de sus madres, a excepción de uno de ellos, sin mencionarse a los padres en el registro portuario.

Curiosa eventualidad en aquellos abakuás y mocetones de guapería y talla para formar un quinteto de basquetbol o una novena de béisbol, a semejanza de aquellos compatriotas suyos laborando en los ingenios del viejo Bolívar, consecuencia de sus rasgos étnicos, de su alimentación costera, del forzado trabajo físico de sus antepasados heredándoles esa recia contextura, de su despreocupada exposición al sol caribeño, de la alborozada cotidianidad de la cubanidad que los colmaba, de su danzar africano al repique de los tambores y de su desinhibida vida sexual pese a sus ingresos restringidos y la segregación padecida, comparados con el rolo promediado, mestizo que escasamente lograba los uno sesenta, más cobrizo que blanco, pueblerino de una villa andina que los obligaba a vivir tapados de la cabeza a los pies, regidos además por un credo inquisidor, terciando hasta en el lecho de los prometidos.

# EL SALÓN BRUNSWICK

*Un pedazo de selva cayó en el salón.*

*Jorge Artel*

Avistándoseles andar pronto por la señorial Avenida Colón, descansando en los bancos, mirando pasar los coches, detenidos ante las estatuas del genovés y de Isabel La Católica, una frente a la otra y contiguas a la grandiosa Estación de la Sabana, caminando los Campos Elíseos de la "Atenas Suramericana", -comparable quizá con la bonaerense Nueve de Julio o el habanero Paseo de Martí, antiguo Isabel II- y cruzada por numerosos puentes, desde el Colón, arriba en Las Aguas, hasta el viaducto sobre el Chinua en la hacienda de don Jorge Aranda, distante de la cuadrícula castellana de calles estrechas moteadas con nombres de creencias, curiosidades, personalidades, santos o sensaciones y ninguna enumerada, rumoreándose que los peninsulares desconocían el cero, así como muchos otros europeos, debido a su prohibición en el Viejo Continente desde el Dieciocho, imputado de promover la estafa.

Contemplándoseles circular después a lo largo de la Avenida de la República, marchando desde la Plaza de Bolívar hasta San Diego, en horario diferente al crepuscular acostumbrado por los cachacos de copa, chaleco y paraguas, contemplando la renovada capital colombiana, aunque tan diferente a la cosmopolita Habana, desde las antiguas casas coloniales con sus tejas escarlatas, paredes blancas y balcones verdes de los barrios Santa Bárbara, La Catedral y Las Cruces a los edificios neoclásicos de piedra pálida y mármol enorgulleciendo a los filipichines viajados, como el Pedro A. López, renegando de su pasado chapetón y sintiendo repulsa por esos pobres de sombrero achatado, ruana achacada y cotizas de fique parados ante el almacén de don Manuel Jota, oyendo los discos de la Víctor que programaba, quizá igual a como don Luis lo hacía en su local con las grabaciones de la Brunswick, propietaria de un estudio en el piso siete de un inmueble en la Séptima Avenida neoyorquina, remitiendo don Luis a ese domicilio las partituras de Alejandro Wills, de Emilio "El Gigante" Murillo y otros compositores vistos en los cafés para ser orquestadas por Louis Katzman y grabarse con algunas de las plantillas del sello sin saberse si algún paisano nuestro integraba esa nómina de estudio.

-Lo fascinante de los icebergs es que sólo ves el diez por ciento, el otro noventa está bajo el agua y no lo ves, -intervino Will Bloom.

Composiciones que retornaban prensadas en discos de setenta y ocho revoluciones, impresa en las etiquetas la frase "Registrado por el Salón Brunswick de Bogotá", en realidad una sala adecuada dentro del gabinete especializado en la venta de pianos y pianolas de don Luis, parecido al acondicionado por don Manuel Jota y por los demás representantes de las disqueras agenciadas, como el Columbia y el Odeón, con poltronas de cara al gramófono, concurrido por la nata de la sociedad cachaca, agasajada con café y colaciones e invitada a su vez a los recitales de las bandas, estudiantinas, orquestas y típicas presentadas por don Luis en el Faenza, el Municipal o el Olympia, interpretando esas obras de autores criollos orquestadas por Katzman, pero ejecutadas aquí por sus compositores y sus amigos instrumentistas juntados bajo el nombre de una orquesta inexistente en Nueva York, que acá bien podía denominarse "Los Castilians", agrupación con la cual los rolos zapatearon "Cachipay" a transformarse con los años en clásico de nuestro repertorio, y expuestas junto a los discos despachados, entre esos los Vocalion, especializado en la música étnica y manejado también por Jack Kapp, promotor también de "los padres del corrido grabado": José Rosales, Norverto González y Ramón Jazo, a quienes nadie por estos moradas recuerda, a excepción del prodigioso Francisco Talavera, así como promovía de costa a costa a Jelly Roll Morton y King Oliver, pioneros de esa música oída por los yanquis en su club, poseyendo Kapp como Johnny de un sexto sentido para cazar talentos, basta revisar de uno o del otro el entreverado de descubiertos.

***

Cuando conocí a Johnny Pacheco, lo primero que me dijo fue: "Hay que buscarte un cantante". Yo en ese momento tocaba en el Club de la Legión Americana, en la 162 y Prospect Avenue, y en el piso de arriba, el Ponce Social Club, tocaba otra orquesta: "The New Yorkers". Ellos tenían un cantante jovencito: feo, flaco y jincho. Se llamaba Héctor Juan Pérez Martínez. Fui con Pacheco a ofrecerle que grabara con nosotros el primer disco. Para mí era duro, porque mi cantante llevaba años conmigo. Lo peor fue que Héctor me contestó bien guapetón: "¡Yo no quiero grabar contigo, man! ¡Ustedes están bien, bien flojos!". ¿Por qué se negaría? Con el tiempo me dijo, despechado, que fue porque en aquel momento no le había ofrecido entrar en la orquesta, sino sólo grabar. Héctor y yo entendimos que nuestro junte fue algo necesario y natural.

***

Kapp gerenciaba ya a Brunswick y Vocalion cuando el sexteto del enano, jorobado y maltrecho de Alfredo Boloña viaja a Nueva York a grabar, logrando el judío éxitos multitudinarios con Al Jolson y

219

Bing Crosby, el mayor vendedor de discos en el planeta y cantante quien animaría al recién posesionado a contratar al director de la orquesta que amenizaba los bailes del salón más vibrante de Los Ángeles, el Cocoanut Grove, rindiendo a sus pies a Chaplin y Valentino y a todas las estrellas de Hollywood, era el rolo Carlos Molina, uno de los tantos jóvenes vistos años atrás merodeando el ensayadero del maestro Morales Pino en el Pasaje de la Flauta, prestigioso para todo cuanto sucederá con el bambuco moderno.

# EL SON EN LA LOMA

*Como Dios le había dado un cuerpo*
*maltrecho, pequeño y jorobado,*
*decidió compensarlo con una imaginación*
*que ampliaba constantemente sus fronteras,*
*un campo repleto de sueños que la vista no podía abarcar,*
*pero que el oído agradeció desde 1920...*

*Ramón Fernández- Larrea*

Comenzando acaso nuestra cosa (bogotana) durante esa velada y temporada del "Sexteto Boloña", manejado al parecer por Juan de la Cruz, grabado por la Brunswick, supervisado quizás por Kapp y conducido por el enano, jorobado y maltrecho de Alfredo Boloña empinado sobre su cajón de madera para imponerse sobre su pigmea estatura física, porque la espiritual era de un gigante pulsando el tres y acatando a ese par de maderos anulares, de dos centímetros de diámetro y algo más de un jeme de largo, portados por La Puta, formando, el primero de ellos, el agarrado por la mano izquierda, una cajita de resonancia entre la yema de los dedos y la cuenca de la palma, martillado con repetida regularidad: tres acentos fuertes por dos débiles o viceversa, por el sujetado por la derecha, ajustándose, tanto las letras de las canciones como los restantes instrumentos a ese  patrón: fino, penetrante y transparente que orgánico se oía.

Eran las claves, de sencilla apariencia, pero fundamentales en cualquier agrupación de son, ordenando la polirritmia fraguada por el bongó y el contrabajo, y años después por la conga, el piano y el timbal. porque de lo contrario sería el caos, resolviendo esa ecuación sonora que los negros de los sextetos llamaban clave, sabiéndose luego que -aunque puede aprenderse a tocar en cualquier coordenada, como le ocurrirá aquí, enseñándola el Benny Bustillo al Joe Madrid, a Pantera y al Willie Salcedo-, solo a los cubanos pareciera fluirle de manera natural, ya porque esos realces están en su adeene o aprehendida en el vientre materno y a ciencia cierta al nacer en los arrullos, en las nanas y en las rondas batiendo los progenitores sus manitas al rigor de sus exigencias, oreándose en las calles, en los cabildos, en los solares, en los repartos, en las esquinas.

*Oíga usted cómo suena la clave...*

*Agustín Lara*

Desconociéndose a fondo el origen de ese ancestral latido y de ese par de leños moldeados entre los astilleros del puerto habanero, marcando hasta el ritmo de los braceros cargando o descargando los navíos, pensando los neófitos como yo que era fácil pulsarlos, dándome pronto cuenta de la dificultad de sostener el tempo a lo largo de la pieza, así como espinoso resultaba al extranjero bailar el son habanero que emergía de las encerronas y lograba los clubes de la burguesía llevado por los señoritos frecuentadores de las academias en busca de algo más que bailar con las instructoras mulatas o negras a cambio de un tiquete y de los mismos gringos quienes lo ascendían de clase al registrarlo en discos poniéndolo de moda, llegando el Sabio Ortiz a posar para una fotografía junto a Abelardo Barroso, Agustín Gutiérrez, Gerardo Martínez, Guillermo Castillo y el Soldado Godínez, miembros de ese "Sexteto Habanero" tan querido en San Basilio de Palenque, expandiéndose por las Antillas, la Tierra Firme y la Vieja Europa durante el periodo de entreguerras, enseñando Carpentier sus saberes ante parisinos sedientos en estar al tanto de que cosa era esa música solazándose desde Montmartre junto a las sonoridades del jazz, deslizándose a mansalva, entre lo cargado, una pasta del sexteto del enano, jorobado y maltrecho de Alfredo Boloña entre las seleccionadas.

Escuchando esa grabación una audiencia asombrada como los sorprendidos personajes de una escena surrealista, engendrada por esa agrupación compuesta por seis libertos, uno de ellos el enano, jorobado y maltrecho de Alfredo Boloña evocándoles al encorvado campanero de la vecina catedral de Notre Dame, oyéndose el son igual a los demás sones registrados en los carbones prensados en el séptimo piso neoyorquino, inspeccionados por Kapp y ante la auscultación de Katzman, ojeando ambos al Chino Incharte como le sacaba a uno de los parches del bongó ese rugido propio del sagrado tambor ékue -según don Cristóbal Díaz Ayala-, a Ignacito agitando las maracas de manera acompasada diferente a cómo las sacudían los nativos de estas tierras, a Tavito palpando el contrabajo de modo más sincopado, diferente a la marcha lineal acostumbrada por sus pares de los demás sextetos desde el ingreso de ese bajo al son reemplazando a la marimbula y a Vega Chacón tañendo en su guitarra española a esa cuerda enroscada dándole más cuerpo al encordado.

Extasiando a los asistentes de la "ciudad escondida", engreídos algunos de atenienses y otros de londinenses, tan distintos al gentío isleño, ya fuera el cubano estirado de los clubes o el afrocubano de los solares, encontrándose forasteros entre aquellos espectadores, clientes de los salones de don Ernesto, don Luis y don Manuel Jota, los mismos señores quienes fantaseaban con la bella Polanco danzando en la carpa extendida por los gitanos en Tres Esquinas, ondulando su vientre al repique del darbuk tocado por uno de los percusionistas de la murga de laúdes, tambores y vientos venida de Estambul, la entonces Constantinopla, formada por trotamundos de origen griego, turco y yugoslavo, guiados por un tal Emir Kusturica, desarrollador siglos después del tecno-rock zíngaro, discípulo -según las malditas lenguas- de Fellini, Renoir y Tarkovsky y quien visitando La Habana sucumbirá en su atmósfera saturada de ron, acompañado por Alexander Abreu, el joven trompetista reverenciado como el mejor de la timba.

*La rumba se ha formado en el patio del solar,*
*pero vengan los rumberos,*
*y en el tumbador, con golpe arrollador,*
*el cuero repica y el quinto llama,*
*oye mi inspirador cómo entona en guaguancó,*
*que dice así...*

*Alfredo Boloña*

# EPÍLOGO UNO

*Los enanos también empezaron pequeños*

*Werner Herzog*

Sin embargo, tanto esa premier como esa temporada del sexteto del enano, jorobado y maltrecho de Alfredo Boloña se extraviaría "entre los hechos que elige la gente recordar, pero también entre los hechos que decide olvidar", hasta el día cuando Blanco Aguilar le cuenta a Pagano, y éste a Villegas, manuscribiéndola el viejo lobo de mar en ese pergamino que navegara en el ciberespacio hasta la fecha cuando será hallado, posteado y leído por entusiastas, emprendiéndose a la deriva este texto en clave que llevaría a aquel asistente en Audiófilos, y ante Ricardo Rondón y una treintena de personas, a preguntarme sí el enano, jorobado y maltrecho de Alfredo Boloña había existido en realidad o era un invento del autor de "Saca las Bestias, en un lugar de La Mancha".

-¿Acaso, existía la provincia de La Mancha antes de Cervantes lanzar "El Ingenioso Hidalgo Don Quijote de la Mancha" en 1605? —apresuré a responder sin saber si era cuestionable.

Debiendo ser un gran acontecimiento el peregrinaje de la agrupación sonera, afín en época reciente al debut del Buena Vista Social Club en el Salón Rojo del Tequendama o al estreno de Los Van Van en el Palacio de los Deportes con La Polanco entre la multitud y Gabriela en la tarima bailando songo, cuando la capital (a dos mil seiscientos metros sobre el nivel del Caribe y de ciento cincuenta mil pobladores) principiaba a ensancharse hacia el norte, el occidente y el sur, recorrida por ochocientos noventa y dos automotores, de los que, trescientos cincuenta eran conducidos por señores de sombrero de copa y ropaje confeccionado en Londres, a su gusto y talla, en una época cuando viajar a Inglaterra -abordo de los trasatlánticos de la Compañía de Vapores y Correos de la Mala Real Inglesa- duraba dieciocho días, con escala en la villa donde surgía el jazz fundamentado en los rituales de percusión y vudú en Congo Square, oficiados por los esclavos trasladados desde Martinica para trabajar en las plantaciones de Luisiana desde antes de escenificarse la Guerra llevada por el Viento.

Comenzando los caballeros a rasurarse el bigote a lo Douglas Fairbanks, renunciando a los mostachos con las puntas corvas, como el presumido en la Nación Mexicana por Porfirio Díaz y aquí por el general Dávila Pumarejo, el suegro más deseado y dueño de la mansión que era el Jockey, anfitrión también de las mejores orquestas de la ciudad, encabezadas por la jazz band de Anastasio Bolívar, elegida para animar el baile de recepción a Charles Lindbergh, el primer humano en volar sobre el Atlántico, "piloteando un avioncito de papel fabricado con las hojas de un cuaderno de geografía", hubiera dicho el maestro Jairo Aníbal Niño en clase, plagiándose así mismo.

Aterrizando el Espíritu de San Luis en el aeródromo de Madrid, la aldea cundinamarquesa, después de sobrevolar la Avenida de la República irradiando un bramido espantoso nunca oído en bestia cualquiera, ni parecido al estruendo desperdigado por los exostos de las Davis de los primos de Arciniegas, obligando a las rezanderas a tantear fugaces las cuentas de las camándulas, estacionándose los capitalinos a lo largo de la Avenida Colón para acoger a la primera estrella planetario en visitarnos, elevando los señores sus sombreros al discurrir de la caravana, mientras las señoras emperifolladas con sus mejores prendas suspiraban mirando al buen mozo trajeado de piloto, observadas de reojo por sus esposos, así como los novios indagaban con el rabo del ojo a sus prometidas obligados por los celos, principiando días luego a situarse cualquiera de las fotografías de Lindbergh en una de las paredes de la sala junto al Sagrado Corazón de Jesús, en algunas residencias al lado del retrato de Bolívar, mientras en otras inmediatas al rostro de Santander, dependiendo del color del trapo blandido por sus residentes: azul o rojo.

El gringo era más apuesto que El Divino, quien -cansado de ser adorado por las mujeres y odiado por los conservadores- se había retirado a Usiacurí a esperar la anciana mujer de la sombrilla verde aceituno, aburrido además de errar por cantinas, cafés, canchas de tejo, chicherías, piqueteaderos, tabernas, teatros y tiendas entonando canciones lúgubres y declamando poemas taciturnos, acompañado de su guitarra, del piano donde lo hubiera o del violín, quizás el primer rock-star nuestro, había regresado de su encargo en Madrid como agregado cultural de la embajada en Madrid y de realizar una escala en La Habana, rutina en viajeros yendo y viniendo, siendo agasajado en las peñas animadas por Corona y Villalón y visitadas por Colombo, (Pellicer), El Poeta que parecía un Caballo, "Marín y Pelón" y mucho más reconocido después que "Boda Negra", poema del cura Borges, pero atribuido a él, se popularizará en una primera interpretación de María Teresa Vera musicalizada por el propio Villalón, amigo del boyacense y fundador del Sexteto Nacional orientado luego por Piñeiro.

Sin embargo, la duda persistía, así como Caspa balbuceaba en estos tiempos recientes pensando en sí los cinco integrantes del sexteto del enano, jorobado y maltrecho de Alfredo Boloña, con quienes Carpentier había compartido cárcel, eran los mismos quienes caminarían por la "Atenas Suramericana", especulando de paso, entre tragos de Tres Esquinas, los motivos que los alentaron a emprender semejante recorrido hacía Suramérica, coincidiendo con Francisco Talavera en algunas apreciaciones, presentándolos quizás don Luis en su salón, como también en el Faenza, el (Municipal) o el Olympia, igual a como hacía con "Los Castilians" y las restantes agrupaciones de la Brunswick o tal vez en el Salón Estrella del Bazar Variedades, en algún club campestre, en la mansión de uno de los herederos de don Félix Tanco Bosmoniel  o fueron traídos por cualquier otro nostálgico de La Pequeña Habana motivado en acercar lo cubano a lo nuestro.

Pudiendo ser don Ernesto, eslabón en esa estirpe asentada a la sombra del ingeniero Cisneros, quien buscando apoyo y combatientes para la guerra independentista de su patria, acabaría conspirando en los Estados Unidos de Colombia, querido por sus amistades y odiado por sus enemigos, desestimándolo estafador e intrigante, pero por una u otra consideración, causante del establecimiento de numerosos compatriotas en la "ciudad escondida", descollando los descendientes de don Basilio, quien, anciano y ciego en su casona del Barrio Las Nieves, rememoraba a su nieto, acariciándole los cachumbos y entre una humarada de tabaco, sus hechos de juventud y de cómo también, una vez aquí, y ya invidente inventaría la ametralladora de más de cien tiros continuos sin recalentarse, pesando menos que un rifle, y de cómo remodeló el Puente de Boyacá donde Bolívar ordenó la última batalla por la separación de la Nueva Granada expulsando a los chapetones y de cómo fue contratado por el Estado Soberano de Boyacá para una misión inverosímil, desaguar los tres mil seiscientos millones de metros cúbicos del Lago de Tota en seis meses.

# FUENTES

Allen, Woody: *Medianoche en París.*

Araujo Vélez, Fernando: *Y por favor, miénteme.*

Arciniegas, Germán: *Biografía del Caribe.*

Arciniegas, Germán: *El Estudiante de la Mesa Redonda.*

Arciniegas, Germán: *Columnas Diario El Tiempo.*

Artel, Jorge: *Tambores en la Noche.*

Barnet, Miguel: *Canción de Rachel.*

Blanco Aguilar, Jesús: *Ochenta años del Son y los Soneros del Caribe.*

Betancur Álvarez, Fabio: *Sin Clave y Bongó no hay Son.*

Cabrera Infante, Guillermo: *Tres Tristes Tigres.*

Cabrera Infante, Guillermo: *Salsa para una Ensalada.*

Cacua Prada, Antonio: *Germán Arciniegas: Su Vida Contada por Él Mismo.*

Calvino, Ítalo: *Las Ciudades Invisibles.*

Carpentier, Alejo: *Ecué-Yamba-Ó.*

Carpentier, Alejo: *El Reino de este Mundo.*

Carpentier, Alejo: *El Siglo de las Luces.*

Carpentier, Alejo: *La Música en Cuba.*

Carpentier, Alejo: *Temas de la Lira y del Bongó.*

Cervantes Saavedra, Miguel de: *El Ingenioso Hidalgo Don Quijote de la Mancha.*

Conrad, Joseph: *El Corazón de las Tinieblas.*

Cordovez, José María: *De la Vida de Antaño.*

Curioso Solís, Gino: *Sexteto Boloña.*

Curioso Solis, Gino: *Sexteto Boloña: Adiós mi Vida para Siempre...*

Eco, Umberto: *El Péndulo de Foucault.*

Eco, Umberto: *Baudolino.*

Eco, Umberto: *El Cementerio de Praga.*

Eco, Umberto: *El Nombre de la Rosa.*

Fals Borda, Orlando: *Historia Doble de la Costa.*

Garay, Juan Carlos: *La Nostalgia del Melómano.*

García Márquez, Gabriel: *Cien Años de Soledad.*

García Márquez, Gabriel: *Vivir para Contarla.*

Guadalupi y Manguel: *Breve Guía de Lugares Imaginarios.*

Guillén Nicolás: *Motivos del Son.*

Guillén, Nicolás: *Sóngoro Cosongo.*

Herzog, Werner: *También los Enanos Empezaron Pequeños.*

Herzog, Werner: *Fiztcarraldo.*

Hughes, Langston: *Yo También Soy América.*

Issac, Jorge: *La María*

Minski, Ríos y Stevenson: *Sextetos Afrocolombianos.*

Múnera, Alfonso: *El fracaso de la nación. Región, clase y raza en el Caribe colombiano.*

Muñoz, Enrique: *Sextetos de Marimbula en el Caribe Colombiano.*

Olano García, Hernán Alejandro: *Las Galerías Arrubla.*

Oropesa, Roberto: *La Habana tiene un Son.*

Padura, Leonardo: *Los Rostros de la Salsa.*

Pagano, César: *Bogotá de Fiesta.*

Pagano, César: *El Imperio de la Salsa.*

Portaccio José: *La Música Cubana en Colombia y la Música Colombiana en Cuba.*

Restrepo, Jorge Alberto: *Personajes de la Vida Económica, Política y Social de Cartagena a Finales del Siglo XIX.*

Ripoll de Lemaitre, María Teresa: *Cuadernos de Historia Económica y Empresarial.*

Samper, José María: *De Honda a Cartagena.*

Sánchez Juliao, David: *¡Buenos Días, América!*

Sánchez, Consuelo: *De la Aldea a la Metrópoli.*

Scott FitzGerald: *El Gran Gatsby.*

Shakespeare, William: *La Tempestad.*

Silva, Lucas: *Los Reyes del Son Palenquero*

Villaverde, Cirilo: *Cecilia Valdés*

Zapata Olivella, Manuel: *Chambacú, Corral de Negros.*